나비야 나비야

황금알 시인선72

나비야 나비야

초판인쇄일 | 2013년 7월 15일
초판발행일 | 2013년 7월 31일

지은이 | 이상훈
펴낸곳 | 도서출판 황금알
펴낸이 | 金永馥
선정위원 | 마종기 · 유안진 · 이수익 · 문인수
주 간 | 김영탁
편집실장 | 조경숙
표지디자인 | 칼라박스
주 소 | 110-510 서울시 종로구 동숭동 201-14 청기와빌라2차 104호
물류센타(직송 · 반품) | 100-272 서울시 중구 필동2가 124-6 1F
전 화 | 02)2275-9171
팩 스 | 02)2275-9172
이메일 | tibet21@hanmail.net
홈페이지 | http://goldegg21.com
출판등록 | 2003년 03월 26일(제300-2003-230호)

©2013 이상훈 & Gold Egg Publishing Company Printed in Korea

값 8,000원

ISBN 978-89-97318-49-0-03810

*이 책 내용의 전부 또는 일부를 재사용하려면 반드시 저작권자와 황금알
  양측의 서면 동의를 받아야 합니다.
*잘못된 책은 바꾸어 드립니다.
*저자와 협의하여 인지를 붙이지 않습니다.

나비야 나비야

이상훈 시집

황금알

| 시인의 말 |

우리는
너무 오랫동안 헤어져 있어도 슬퍼할 이유가 없다
왜냐하면
만나면 헤어지고 헤어지면 또다시 만나야 하니까

유유히 흐르는 저 강물처럼
저 세월처럼
인간과 대자연 앞에서 엄숙하고 숙연하게
무릎 꿇고서
떠나간 사람을 그리워하고
멀리 날아간 새를 찾아가고
지는 꽃 이름을 목메어 불러본다

2013년 여름 이상훈

차 례

3부

1부

향수

언젠가는 지나간 시절이 다시 그리워지는 날이 올 것
이다

태조 왕릉을 지키는 십이지신상十二支神像에서 난생처음
붉은 원숭이를 보았다
대웅전 불당에서 동자승을 태운 하얀 소가 밭을 가는
탱화를 보고 화원畵員을 꿈꾸었다
뻐꾸기가 울면 다섯 번째 절기가 오고 호밀밭에 뜸부
기가 알을 낳으면 이윽고 망종芒種임을 알았다
한때 왕검王儉이 살았었다는 신시神市 옛 성터에 둥근 달
이 뜨고 월계나무 흰 계수꽃이 피는 산정에서 우뚝 솟는
해오름을 보았다
연푸른 안개가 피어오르고 상서로운 서기가 내리는 박
달나무 숲 속에 패총貝塚이 서 있었다
사람들은 그 조개 무덤 속의 주인은 단군檀君 대제사장
님이시며 머리에 검은 고깔모자를 쓰고 발이 셋 달린 까
마귀 날개옷을 입고 언젠가는 다시 이 땅에 환생할 거라
고 말하였다

언젠가는 지나간 시절이 다시 그리워지는 날이 올 것
이다

별들이 무리를 이루고 있는 까닭은 별자리는 저마다
살아온 일대기가 있기 때문이었다
복사꽃잎 난분분 난분분 흩날리는 밤에 고인돌 위에
앉아 밤하늘을 올려다보면서 별 중의 우두머리가 어서
강림하기를 기다렸다
삼신三神할미는 능히 점지한 신생아의 볼기에 푸른 몽
고반점을 남겨 천지天地가 하나임을 알리는 징표로서 삼
게 하였다
아침은 하루의 시작이며 태양이 맨 처음 떠오르는 동
쪽에서부터 아침이 온다는 것을 알았다
만월에서 잘게 토막 난 황금빛 달 조각이 황금나무 숲
황금가지 이파리에 삐죽 돌기 솟은 채로 내려앉으면 황
금색 날개를 가진 산림의 왕 호랑이가 까마득한 준령을
비호처럼 날아가고 있었다

몽夢

　붉은 돼지 등을 타고 검은 돼지 떼를 몰고 오는 노인을 길에서 우연히 만났는데 그는 조상 대대로 가업을 이어 꿈을 사고파는 매매업자라고 자신을 소개하였다

　좋은 꿈은 비싸게 팔고 나쁜 꿈은 큰돈을 받고 되사들이는 장사꾼인데 나이가 들어 염라대왕이 불러서 황천길로 가는 도중에 노잣돈이 떨어져 오도 가도 못하고 있다고 하였다

　어차피 한번 가면 다시는 못 오는 길이라 이참에 자신이 애지중지 아껴둔 천하제일의 길몽吉夢 하나를 내게 팔겠노라고 하였다

　옆구리 갈비대에서 꿈보따리를 꺼낸 노인네는 그 보자기 속에서 오색 비단실로 꿰맨 작은 꿈주머니를 엽전 다섯 냥에 사달라고 내 소매 깃을 붙잡고 통사정을 하였다

　나는 황금 한 냥에 자반고등어 다섯 손을 더 얹어줄 테니 그 꿈보따리를 몽땅 내게 팔 의향이 있느냐고 물었다

　느닷없는 횡재에 깜짝 놀란 노인네는 못내 사양하는 척하면서 꿈값을 덥석 손에 쥐고 뒤도 돌아보지 않고 저승길을 향해 서둘러 떠났다

푸른 용이 법당 부처님의 얼굴을 혀로 핥는 꿈은 천하
에 둘도 없는 상서로운 몽인데 알고 보니 오시午時경 낮
술에 취해 꾼 꿈인지라 이를 두고 견몽犬夢이라하고

토兎 선생이 천수天壽 거북을 타고 바닷속 용궁을 나는
꿈은 내 꿈이 아니라 남 대신 꿔준 헛된 꿈이니 이를 허
몽虛夢이라하니

꿈이 꿈같아야 하는데 하나같이 꿈같지도 않은 잡몽雜
夢뿐이니 한 세상을 꿈만 믿고 허무한 세월을 보낼까 내
이를 두려워하여 굳이 해몽자解夢者를 자처하여 꿈풀이를
하였도다

오동나무 가지 위에 앉아있는 봉황을 본 꿈은 짝사랑
하는 사람으로부터 혼담이 오가는 상사몽相思夢이고

달이 품안에 들어오거나 달을 삼키는 꿈은 새색시가
아기를 잉태할 태몽胎夢이라 하고

꿈에 조상이나 산신령이 나타나서 묏자리를 알려주거
나 길을 알려주면 이를 계시몽啓示夢이라한다

기러기가 날아오는 꿈은 먼 곳에 있는 애인으로부터
반가운 소식이 도착할 예지몽豫知夢이고

온갖 꽃들이 만발한 꽃동산을 유유히 거니는 꿈은 하늘나라로 돌아갈 천상몽天上夢이오

활을 쏘아 구렁이를 맞히는 꿈은 세상만사 모두 형통할 신몽神夢이로다

하늘과 땅이 꽝장한 소리를 내며 하나로 합해지는 꿈은 소원대로 부귀와 권세를 누릴 현몽現夢이라 하거늘

이 몸도 언제 염라대왕이 불러 저승길 가는 도중에 어떤 귀인을 만나 매몽買夢할지 몰라서

세상에 내놓으라 하는 영몽靈夢이 무엇인가를 한 토막씩 해몽하여 남겨 놓았으니 귀담아 듣고 이를 가벼이 여기지 말기를

양귀비와 귀촉도

꽃가루화분 따위를 채집하는 나비의 더듬이를
거북선 귀두만 한 꽃봉오리와 비교하려는 상상력은
애써 말하지 않아도 그 무례함이 가히 극에 달했다
우주인처럼 떡 벌어진 어깻죽지를 으쓱으쓱 하면서
군함 굴뚝만 한 굵직굵직한 양 날개를 펄럭이면서
아득히 먼 태곳적 전설을 자랑처럼 술술 말하다가
문득 말끝에 왠지 입술을 꾹 다문 대왕나비는
태생이 조류鳥類가 되지 못한 한恨을 자책 또 자책하였다
뭉게뭉게 뜬구름을 제 둥지로 착각하고 날아간 새는
하얀 달부리 잉태하는 봄밤을 고이 깃에 품은 저 새는
소위 나그네새라고 부르는 귀촉도였다
천국으로 잠을 불러오는 붉은 꽃이라고 들었을 즉한
왕비가 지극히 사랑한 양귀비꽃이라고 한 번쯤은 들었
을 즉한
그 꽃의 꽃말은 가버린 사랑 또는 덧없는 사랑이었다

나는 떠났네

청어가 알을 낳으면 산란이라고 했고 종다리가 알을
깨고 나오면 부화라고 했네

수리나 매는 올빼미 과의 맹금류라고 했고 원앙이나
꿩은 기러기 과의 가금류라고 했네

꽃잎은 바람에 부르르 떨고 있는데 나는 먼 산만 둘레
둘레 바라보았네

석양이 지고 어느덧 땅거미가 가만히 내려앉았네

그의 눈가에는 수심이 짙어져 가고 볼은 창백해졌네

작약은 꽃병病에 시들고 나는 눈병을 앓았네

미련은 남기고 가는 것이 아니라 버리고 가는 것이라
고 그는 말했네

나는 미련이란 버리고 가는 것이 아니라 묻고 가는 것

이라고 말했네

　차마 버리지 못한 미련 한 줌을 나는 가슴 속에 묻고
떠났네

나비야 나비야

키가 큰 기린 우체부가 솟을대문 지붕 위에 편지 한 통
을 놓고 갔다

소인국 나라의 가난한 시인 달팽이님 귀하 앞으로 배
달된 편지는

나비 나라 별정우체국장의 소인이 선명하게 찍혀 있었다

외출 시 자물쇠를 걸고 문패를 바꿔달고 나가는 습관
을 가진

집주인 달팽이는 오랫동안 집을 비워 두고 문상을 갔다

수취인 부재중으로 되돌아온 편지에는

전국 나비연합회 원로 일동 올림이라고 적혀있었다

약도가 그려진 부고장을 한 장 달랑 들고 장례식장에
갔다

상주는 슬피 울면서 망자는 3년 전에 이미 출상했다고
말했다

물어물어 무덤까지 찾아가는데 또 3년이 걸렸다

달팽이 영감은 무덤의 높이를 재기 위해서

양손에 수평과 먹줄을 들고 꼬리에 그림쇠를 묶고서

현장을 답사하고 도형을 측정하는데

그가 걸은 걸음은 무려 1억 3천 5백 리 75보였다고 말
했다

초혼

기다림에는 끝이 없다고

살아생전에는 기다리지 말라고

뒤에 남은 생애를 다 못산다 해도

기다림에 끝이 없는 저 세상에 가서 살라했네

양초 한 자루를 앞에 놓고 망자를 기다리는 동안

흰나비 한 마리가 목단과 작약을 곱게 수놓은

팔 폭 비단 평풍 뒤로 날아와 부리로 지방紙榜을 물어다
주었네

슬며시 고개 돌려 빗살무늬 창호지 문살 틈으로 나가
주기를 바랐지만

나비는 푸른 유리꽃병 속으로 들어가 나오지 않았네

술 취한 제주祭主는 퇴주잔 위에 혼령을 불러 놓고

이 생명 다하도록 사랑한다고 말하면서 세상 모든 근심걱정을 다 가져가라고 했네

한목숨을 바쳐서 사랑한다고 이제는 편히 눈감으라고 말했네

귀향

회화나무 고목에 앉아있는 까마귀 떼가 날아가고
고기잡이배가 그물을 걷어 나룻가로 돌아오면
해가 서쪽으로 기운다는 것을 알고 있다
소금을 실어 나르는 뗏목이 강변 기슭에 닻줄을 내리면
비로소 날이 저물고 만다는 것을 알고 있다
초경初更 전에 모든 뱃길이 끊긴다는 것도 익히 알고 있다
하류 쪽으로 뱃머리를 돌리면 배는 떠난다는 것이다
선상 갑판에서 힘껏 돛을 펼치면 배는 떠났다는 것이다
한번 지나갔던 길이라 눈에 익어 낯설지 않은 모래언
덕에
한 떨기 남은 해당화가 지고 한 조각 남은 꽃잎마저 진다
검은 막대그림자 길게 드리운 해시계 위에
남아있는 시간은 그다지 넉넉한 편이 아니다
곧 막배가 출발한다고 건널 거라면 빨리 뛰어오라고
강나루에서 늙은 뱃사공이 손목을 위아래로 저으면서
소리쳤다
지금 여기에서 황혼빛에 물드는 하얀 반달과
강 너머 중천에 떠있는 붉은 태양과 같을 수 없듯이
강을 건너기 전에 하룻밤을 묵었다 가는 것과

　강을 건넌 후에 하룻밤을 묵었다 가는 것은 엄연히 다
르다

슬픔에 대하여

호랑나비 날개 껍질을 벗기는 일은 돛을 만드는 일이다
왕거미 촉수를 흔드는 일은 돛대를 똑바로 세우는 일
이다
악어 늑골을 둘둘 말아 뒤틀림을 막고
흰 수염고래 갈비대에 가죽을 잇대어 나무못을 박으면
고물 쪽에서 상앗대 질을 하는 일은 사공의 일이다
연잎은 반달곰이 듬성듬성 지나간 발자국이라고 했다
한 줄기 배싹 마른 꽃대는 풀여치가 울고 가는 울대라
고 했다
불알 굵기만 한 연밥을 따는 비구니는 붓다의 이마에
서 피어나는 꽃은 연꽃이라고 말했다
한쪽 눈을 잃은 짝눈 새가 먼 산을 바라보다가 갈 길을
잃었다
귀가 먹은 노루는 성이 나서 쫑긋 뿔을 세우고 지는 저
녁 해를 노려보았다
아기 다람쥐가 벙어리처럼 징징 울길 레 수화手話로 달
래주었다
양떼구름이 한 번씩 움직일 때마다 나뭇가지와 넓은
잎사귀 사이의 양지 녘과

꽃그림자 지는 응달 사이로 낮에 나온 반달이 보였다
숨었다 하였다
　　서산마루에 올라간 아이들이 이구동성으로 온 세상이
꽃천지라고 소리를 질렀다
　　두 손바닥을 동그랗게 오므려 입가에 대고 꽃사태 무
너진다고 소리를 질렀다
　　산철쭉이 피었다기에 나무꾼들 틈에 끼어 꽃구경 갔더니
　　피라는 꽃은 아니 피고 피었다는 꽃은 아니 보여서
　　붉은 저녁노을만 한 짐 등에 지고 쓸쓸히 돌아왔다
　　고개만 들어도 슬퍼지는 것들이 한두 가지가 아녀서
　　눈을 뜨면 슬퍼지는 것들은 셀 수 없이 많아서 하도 많
아서
　　슬픈 날이 와도 나 하나의 슬픔만은 아니어서
　　슬픔에 대하여 차마 말을 잇지 못해서 말문을 닫고
　　그 슬픔을 다 토해내지 못해서

누가 떠나가고 누가 남아 있는가

붉은 만卍자 서낭깃발이 높이 걸린 무당집
늙은 무녀가 평생 치우천황을 모시며 살았던 신당 터
옹벽 두꺼비집은 똬리를 튼 꽃뱀소굴로 변해 있었다
장성 외곽 성벽 성가퀴 무너져 내린
황궁 옛터에 황색 수帥자 대장기가 펄럭이고
깨진 궁문 사이로 하얀 들국화가 피어있었다
한낮 정오경에 나온 낮달을 따라서 낮별도 뜨고
뜨거운 열풍이 부는 말발굽형 하안사구를
은빛 여우와 그 여우가족이 힘겹게 넘어가고 있었다
들녘 지평선 너머로 새털구름 한 장이 뭉게구름을 뒤
따라가고
강변 금모래밭 호랑가시나무 가지에 꽃눈이 돋고 잎눈
이 돋고
갈대숲 늪지대를 느리게 나는 새는 황금박쥐였다
높이 자란 물풀과 수초를 헤치고 지나가는 조각배 한 척
나룻가 모래톱에 닻줄을 풀고 빈 배를 대면
이제는 누가 떠나가고 누가 남아 있는가
바람 불어 갯버들 잎겨드랑이에서 피리 소리 한 소절
들리면

그대는 떠나가고 내가 남아있는가
내가 떠나가고 그대는 남아있다는 말인가

외딴 집

지아비를 따라서 객지를 떠돌아다니던 어린 처자가 다시 고향으로 돌아왔다

병든 지아비를 등에 업고 돌아온 처자는 산 밑에 외딴 집을 짓고 돌밭을 일구어 가지 씨를 뿌렸다

지아비는 밤마다 밭일을 나가는 처자를 한사코 만류하면서

검은 가지 꽃 위에 뜨는 하얀 달은 양기가 서려 평생을 과부로 사는 일보다 더 외로울 거라고 말하였다

첫서리가 내리던 어느 날 밤에 처자가 가지밭에서 돌아와 보니 지아비는 방안에서 홀로 눈을 감았다

처자는 평소 지아비가 바라던 대로 뒷동산 시부모님의 묘 옆에 나란히 묻었다

입동을 앞두고 산에서 내려왔다는 심마니가 하룻밤 묵었다 가기를 청했다

임꺽정처럼 구레나룻이 얼굴을 덮고 덩치가 산만한 털북숭이 사나이였다

아이에게 젖을 물리던 처자는 얼른 젖을 떼고서 밥을 짓고 반찬을 만들었다

산나물국에 밥 한 그릇을 뚝딱 해치운 사내는 밥상을
물리는 처자의 창백한 얼굴을 올려다보면서 혀를 끌끌
찼다
　사내는 숭늉을 건네는 처자의 야윈 손목을 잡고 맥을
짚어 주겠노라고 하였다
　멈칫 놀란 처자는 이내 싫다는 내색 없이 손목을 사내
앞에 내밀었다
　어디가 아프냐고 사내가 묻자 처자는 가슴 속이 답답
하여 숨이 차다고 했다
　사내는 처자의 저고리 앞섶 사이로 볼록 나온 하얀 젖
가슴에 귀를 바짝 대고
　처자의 거친 숨소리를 들으면서 어느 쪽 가슴이 아프
냐고 재차 묻자
　처자는 왼쪽 심장이 막혀 곧 쓰러질 것 같다고 하였다
　이는 오랫동안 기운이 소통하지 않은 마음의 병이라면
서 사내는 처자를 품에 끌어안고 돌아누웠다

　다음 날 아침 사내는 망태기에서 장뇌 서너 뿌리를 꺼
내 처자에게 주면서 대추와 함께 달여 먹으면 가슴 속의

허虛를 다스리는데 이만한 특효약이 없다고 말했다
  그리고 눈곱만 한 삼씨 몇 톨을 건네주면서 하얀 삼꽃
이 피는 내년 봄에 다시 오겠노라고 하였다

편지

그이는 목하 꽃구경 중이래요
여기는 온종일 함박눈이 내리고 있는데
겉봉에 붓으로 노란 개나리꽃을 그린 편지가 도착하고요

그이는 불원간에 폭설이 내린다기에
제비 가고 기러기 오는 길에 떠나려 했는데
딱히 거처를 정하지 못해 다시 봇짐을 풀었대요

그이는 천생 혼자서 살아갈 팔자가 아니라고 극구 항
변하네요
  꽃 지고 잎 지는 날 왜 하필 저 달도 함께 지는지
  지난 편지에서도 묻고 방금 도착한 편지에서 또 묻고
있네요

그이는 취중에 고백한다고 하네요
편지지 말미에 사랑한다고 전하는 그 말 한마디는
누가 보아도 술의 힘을 빌려 쓴 흔적이 역력하고요

광화문 연가

시립미술관에서 혜원 신윤복의 미인도를 감상하면서 생각했다 이 여인은 박복하여 삶은 그리 순탄치 않았으리라 사소한 정분에 상처 입은 날들도 적지 않았으리라 그녀의 젖꼭지에는 왕의 입술이 묻어 있고 농익은 자태에는 벼슬아치들의 속된 연정이 묻어있으리라 치마 속 하얀 둔부에는 사랑방에서 만난 어느 필부의 손바닥 자국도 선명히 남아있었으리라 혜원은 그림 왼쪽에 이렇게 적었다 "자유분방한 여인의 가슴 속에 감추어진 춘의春意를 능숙한 붓끝으로 전신傳神하였다"라고

5만의 요동정벌 원정군이 회군하였다 위화도를 떠난 지 9일 만에 수도 개경이 함락되었다 좌군도통사 조민수의 칼에 팔도도통사 최영의 목이 날아갔다 우군도통사 이성계의 칼에 조민수의 목이 날아갔다 좌시중 이성계는 우왕을 강릉에서 살해하고 그의 아들 창왕을 강화에서 살해하였다 고려의 마지막 왕 공양왕이 삼척에서 살해되었다 조선을 세운 태조 이성계는 수도를 한양으로 천도하였다 태조는 개경 문벌귀족의 보복과 송도 사람들의 눈빛이 무서워 황급히 삼각산 아래에 도읍지를 결정하였다

함거에 실려 한양으로 압송되어가는 길에 진눈깨비가
흩날렸다 경복궁 근정전 지붕 너머 북악산에도 흰 눈이
소복이 쌓였다 친국을 마친 선조는 조정을 기망한 죄로
순신에게 초계 도원수 권율의 막하에서 백의종군케 하
였다 두 번째 백의종군이었다 초계로 내려가는 길에도
함박눈은 하염없이 내리고 있었다 도중에서 어머님의
부음 소식을 들었다 1597년 초봄 순신은 난중일기에 이
렇게 적었다 "하늘이 캄캄했다 일찍 죽느니만 못하다 호
곡하며 다만 어서 죽었으면 할 따름이다"라고

벌건 대낮에 반정反正이 일어났다 광해는 궁녀로 변장
한 뒤 창덕궁 뒷문으로 달아났다 서인들은 폭군 광해를
붙잡아 임해와 영창을 죽이고 인목대비를 폐한 죄목으
로 강화도로 유배를 보내고 인조를 옹립하였다 어느 비
오는 날 세종대왕 동상이 서 있는 광장 앞에서 광해는
하늘을 우러러보면서 미친 듯 울부짖고 있었다 자신은
사대주의적 대의명분에 맞선 개혁군주를 꿈꾸다가 쫓겨
난 패주라고 자책하였다 그때 대왕은 단호하게 말했다

이상과 현실의 조화는 어느 누가 성군이 되어도 어려운
것이라고

　합동수사본부장이 수사결과를 발표하였다 계엄령이
떨어지고 통행금지가 시작되었다 시내 곳곳에 계엄군이
주둔하고 광화문 앞에 탱크가 진주하였다 계엄사령관이
부하에게 잡혀가고 대통령이 강제 사임하였다 신군부세
력이라고 부르는 젊은 장교들은 경복궁에 모여 거사를
모의하였다 훗날에 내란·반란수괴 죄로 법정에 선 그
들은 최후진술에서 이렇게 항변하였다 누란의 시대가
요구하는 우국충정에서 최선을 다한 결과라고 역사는
아이러니하게도 똑같은 실수를 반복하고 있었다

　사이판 섬이 함락되고 마나가하 산 정상에 성조기가
나부끼던 날에 전쟁은 끝났다 스콜이 쏟아져 내리는 방
공참호 벽에 기대어 초췌하게 서 있던 그 소녀는 꽃다운
나이에 일본군 강제위안부로 끌려와 이국땅을 밟았다
야자수 나무 그늘에서 갓난애를 안고 마지막 수송선 귀
국길을 멀리서 바라만 보던 그녀는 끝내 고향에 돌아가

지 못했다 나는 일본대사관 위안부 소녀의 상像 앞에서
검은 단발머리에 눈썹이 짙고 배가 볼록 나온 흑백사진
속의 그 만삭의 조선 여인을 생각하면서 고개를 떨어뜨
렸다

출한국기 出韓國記

태시에 한 신神이 있어 세계의 한가운데에서 좌정하여 현묘한 가운데 도를 얻어 홀로 변화한 신이 되었으니 그분이 곧 한인桓찐천제님이었다 처음 천제께서 천산에 올라가 그 산 아래 천만옥토를 굽어살펴보고 한님의 나라를 세웠으니 그 이름을 한국桓國이라고 불렀다

어느 날 천제께서 두루 삼위태백을 내려다보며 모두 다 가히 홍익인간 할 곳이다 라며 이 땅에 누구를 내려보내 다스릴 것인가 하면서 오가에게 물었다 이에 오가의 무리들은 용맹하고 어진 지혜를 갖춘 서자 한웅桓雄을 태백산에 내려 보낼 마땅한 인물이라며 추천하였다 천제께서는 이제 만물의 업은 모두 이루어졌으니 한웅은 어서 가서 세상을 바꾸어 하늘에서 이루어진 광명만큼 땅에서도 이를 이루도록 하라고 명하였다

상제의 조서를 받아든 한웅은 5마리의 황룡이 이끄는 금수레마차에 몸을 싣고 뒤를 따라 행렬하는 3,000무리를 이끌고 하계로 향하였다 무리의 맨 앞에서 풍백장군이 거울에 새긴 천부의 징표를 두 손에 받쳐 들고 장중한 의장행렬을 선도하였다 우사장군은 비단옷에 고깔모자를 쓰고 북소리를 울리어 흥겹게 춤을 추면서 가고 검

은 수염이 허리까지 흘러내린 운사장군은 100사람의 늠
름한 무사와 첨병을 거느리고 오룡의 마차를 호위하면
서 한웅의 뒤를 따라 한국으로 내려왔다

　시체 한 구가 강물에 떠내려 왔다 시신은 비교적 깨끗
했다 사인은 불분명했다 국적이 다른 복장과 유품으로
보아 지난 장마에 상류에서 흘러내려 온 시신일 거라고
추측하였다 변사자의 신원이 확인되었다 그가 소지한
수첩에 의하면 그는 양강도 혜산 출신이며 조선인민군
제5군단 민경수색대대 소속 17살 소년 하선사였다
　북측에서 시신을 인도하라고 요구하였다 군사정전위
원회가 즉각 소집되었다 북쪽 수석대표는 사인에 관한
공동조사를 조속히 요구하면서 시신인수를 거부하였다
회담날짜와 장소에 상호 이견이 있었으나 수정제의에
합의하였다 시신인도와 절차에 관한 회담은 일사천리로
진행되었다 시신송환에 관한 쌍방 합의문은 작성되었으
나 사인은 구체적으로 명시하지 않았다
　시신은 육로로 운구되어 북송되었다 시신 신원확인에
대한 간단한 요식행위를 마치자 검은 목곽관이 중립국

공동경비구역 군사분계선을 넘어갔다 의장대가 봉환식
장을 열병한 가운데 가슴에 붉은 별 배지를 달고 옆구리
에 긴 칼을 찬 의장대장이 앞으로 걸어 나와 거수경례로
유해를 맞이하였다 취주악대의 장엄한 군가가 울리고
인공기가 높이 게양되었다 연도에 마중 나온 수많은 군
중들이 꽃다발을 흔들고 오색 꽃가루를 뿌리면서 긴 운
구 행렬을 뒤따라 북녘땅을 향해 가고 있었다

애절하고 간절하게

지는 꽃잎 위에 한 종지 분량의 눈물을 뿌렸다
해 저문 놀빛에 울컥 피 한줌을 토해내었다
하현달처럼 홀쭉이 야윈 얼굴이 나를 슬프게 하였다
서너 겹씩 찢어진 구름을 보면서 나는 슬퍼하지 않을
수가 없었다.
들짐승도 날짐승도 아닌 검은 박쥐가 나를 울렸다
가랑비속에서 짝을 찾는 암제비 한 마리가 나를 또 한
번 울렸다
여름은 처음 울밑에서 오거나 장대 끝에서 온다고 생
각했디
소금쟁이가 표면의 장력을 깨우친 그해 여름날은 그렇
게 훌쩍 갔다
뱀독에 혀끝이 돌돌 말려죽은 애비의 영정사진을 꺼내
크게 확대했다
봉분 없는 가묘를 이장하는 인부들이 꽃상여를 불태웠다
울긋불긋한 색종이가 십리 밖 공중에서 한줌 재가 되
어 날아갔다
애절하고 간절하게
더 절실하고 절박하게

복 달아난다

밥상이 들어오는 문지방에 걸터앉으면 복 달아난다
밥상 위에 숟가락을 엎어 놓으면
밥 먹고 밥그릇에 물을 붓지 않으면
복 달아난다 야 이 녀석아 복 달아난다
반찬투정하면서 밥을 깨작깨작 먹으면 복달아난다
젓가락으로 밥을 먹거나 왼손으로 숟가락질하면
밥상머리에서 웃거나 밥상 모서리에서 다리를 떨면
복 달아난다 야 이놈아 복달아난다
삼시 단 한 끼도 굶고는 못 배기는 놈이
없는 복도 뭐가 모자라서 있는 복마저 내치느냐면서
이악한 목소리로 밥이 하늘이다 밥이 복이다를 외치면서
싸리 빗자루 높이 들고 마당 밖까지 쫓아 나온 할머니는
요놈 요놈 하면서 우물가를 댓 바퀴 빙빙 돌다가
우물 속에 빠진 내 어깨를 밟고서 달나라까지 쫓아왔
어요
나는 달나라를 건너서 토왕성까지 달아났어요
검은 영정 앞에 공깃밥 한 그릇을 놓고 큰절을 하면서
살아생전 무슨 복이 그렇게 많아
저 세상에 가서도 밥걱정 없는 할머니는

누대에 걸쳐 너끈히 밥 얻어먹는 할머니는
깐깐한 목소리로 밥이 하늘이다 하늘이 밥이다를 외치
면서
고사 상 위에 젯밥을 설렁설렁 담으면 복 달아난다
고사음식을 변소 외양간 돼지우리에 갖다 놓지 않으면
복 달아난다 복 달아난다

슬픈 연가

가오리 연鳶이 몸통을 저어 하늘 높이 날아가자 액厄자
연鳶이 꼬리에 꼬리를 잇고서 날고
희囍자 연鳶이 긴 꼬리를 꼬박꼬박 흔들면서 하늘보다
더 높이 날아갔다

가라 가라 하면 가랑비처럼 잘도 가고 있으라 있으라
하면 이슬비처럼 잘도 있는 똥개 한 마리가 삼복더위에
도살장으로 질질 끌려가고 있었다

쾌청하고 명랑한 일기예보는 당분간은 없다고 했다 그
해 여름 나는 비닐우산 하나 달랑 들고 무작정 가출을
하였다

어리고 앳된 꽃제비가 두만강을 건너 탈북을 하였다
국경선 철조망 너머로 무산읍내 인민학교 운동장이 보
였다

숨이 턱턱 막히는 비포장도로를 군용트럭 한 대가 흙
먼지를 풀풀 날리면서 지나갔다 개성공단 가는 길가에

코스모스 피고 곧 들국화도 필 거라고 말했다

  잊지 말아야 할 사람을 잊고 살았고 그리운 사람을 그
립다 말 못하고 살아왔단다 그 사람은 내 인생에 누가
되거나 악영향을 끼치지 않기 위해서 멀리 떠나갔단다

  그때 나는 강변 갈대숲에 숨어 그대의 일거수일투족을
몰래 훔쳐보면서 아침 햇살을 머금은 하얀 물비늘처럼
반짝이는 그대 모습에 온통 정신이 팔려 거의 제정신이
아니었어요

  싸락눈이 싸락싸락 내리는 밤에 갈색 귀마개에 벙어리
장갑을 끼고 막걸리 심부름을 갔다
  동구 밖 어귀에 따오기처럼 눈꼬리가 위로 휙 째진 눈
사람은 누가 만들어 놓고 갔을까

황혼 아래에서의 작별

산 꿩이 꿩꿩
부엉새가 부엉부엉 울었지
꽃대에는 꽃 반절 잎 반절인가
꽃잎이 나붓나붓 잎사귀가 남실남실 흔들렸지
구름은 살색 반 연두색 반인가
염소구름이 맴맴 새털구름이 하늘하늘 흘러갔지
산돌배 산머루 철철 넘치는 광주리를 머리에 이고
검은 벼슬 분홍 뺨 뱁새에게 길잡이를 부탁하여
졸망졸망 꽁지를 밟고서 가는 길에
초저녁 샛별 몇 개를 뚝뚝 따다가
주는 만큼 받는 것이 아니라 받은 만큼 주는 것이라고
말하면서 두 손 모아 공손히 건네주었지
주고 받을만한 거리에서 서로를 마주보면서

뉘엿뉘엿 기우는 석양과의 별리는 얼마만큼 거리를 두
어야하는지
황혼 아래에서의 작별은 어느 거리만큼이나 그 거리를
두어야하는지
떠날 사람이 다 떠난 후에 뒤늦게 달려온 사람이 아차

차하면서
　다시 되돌아갈 정도는 남기고 거리를 두어야지
　가다가 문득 걸음을 멈추고 뒤돌아서서 모자를 벗고
　정중히 고개 숙여 인사할 정도는 거리를 남겨두어야지
　적어도 그만큼은 거리를 두어야 작별했다고 말할 수
있겠지

누가 당사주唐四柱를 아시나요

조선왕조가 서서히 몰락해가던 구한말에 원색적인 그림책 한 권이 온 나라를 벌컥 뒤집어 놓았다

글을 읽을 줄을 모르고 쓸 줄도 모르던 백성들은 책갈피마다 알록달록한 색깔을 넣은 그림을 삽화하여 누구나 쉽게 볼 수 있도록 한글로 풀어쓴 이 서첩을 앞다투어 읽고 암송하기에 이르렀는데

책자는 날개 돋친 듯이 세간에 떠돌아다니면서 회자하다가 은밀히 필사되고 모사되어 여느 집집이 신줏단지 모시듯이 한 권씩 귀히 모시고 있었다

백성들은 삼삼오오 처마 밑에 모여 머리를 맞대고서 손바닥을 펴고 손가락 마디 마디를 짚어가면서 자신의 운명을 점치는 일로 종일 일손을 놓고 놀고먹는 자가 태반이라

양반은 양반대로 이 외설적인 화첩에 코를 박고 주문을 외면서 뜬 눈으로 날을 새기 일쑤라 나랏일은 뒷전이었다

조정은 찬바람이 쌩쌩 불었다 용좌를 향해 길게 늘어선 조당의 편전에 모인 문무 신료들은 서로 입을 맞춘 듯 한 목소리로 들고 일어났다

태어날 때부터 하늘이 정해준 개인의 운명을 한낱 점

성술에 불과한 점괘를 믿고서 인간사 길흉화복을 논하다니 이는 절대로 아니 돼 올 일

임금님도 한입 거들었다 난세를 겨냥한 요적들이 불온한 예언서로 혹세무민한 백성의 마음을 움직이며 짐을 심히 우롱하고 있도다 요사스러운 역모의 기운이 온 나라를 뒤덮고 있도다

의금부 판사에게 어명이 떨어졌다 전국에 금서령禁書令을 내려 무당과 역술인들을 잡아 가두고 개인이 소지한 역참서를 자진 반납게 하였다

관아에서 수거한 서적을 실은 우마차가 줄지어 소각장으로 향했다 소각장 굴뚝에서는 화첩을 태우는 검은 연기가 연일 하늘로 치솟았다

어두침침한 날씨에 을씨년스러운 비바람이 불던 날이었다 어디선가 우당탕탕하는 요란한 소리에 어머니는 맨발로 마당 밖으로 뛰쳐나가 하늘을 올려다보니 붉은 짐승 같기도 하고 붉은 구름기둥 같기도 한 홍운紅雲이 일었다

어머니는 이를 피해 뒷걸음치면서 안방으로 몸을 숨겼

다 그때 붉은 구름 속에서 온몸에 붉은 비늘로 덮여있는 붉은 용 한 마리가 맹렬한 기세로 내려오더니만 안방 이불 속으로 들어가 격렬한 몸짓으로 어머니의 살 속을 파고들었다 더 이상 피할 곳 없는 어머니는 그만 방바닥에 드러누워 적룡에게 순순히 몸을 맡겼다

이와 동시에 어머니는 몸 안에서 즉시 태기를 느꼈는데 그 초자연적인 존재와 정을 통하여 병진년丙辰年 진시辰時에 한 사내아이가 태어났다

사주 상에 어머니는 내가 육십갑자만 더 일찍 태어났더라면 일국을 다스릴 군왕이 될 팔자라면서 평생 이를 못내 아쉬워하면서 한탄하다가 저 세상으로 떠나셨다

신이한 설화와 함께 태어난 나의 초년운은 불우하고 남루하였으며 기이하고 불가사의한 탄생의 내력을 가진 나의 중년운 또한 힘들고 고단하여 비록 품은 뜻을 다 이루지 못했지만

붉은 용해에 천권성天權星을 가지고 태어난 나는 천복성天福星을 가진 붉은 돼지띠 마누라를 만나서 슬하에 천귀성天貴星과 천문성天文星을 동시에 가진 백 말띠 아들을 두

었으니 말년에는 공명을 날리고 권세와 부를 얻어 천하
를 움켜주는 팔자로다

잃어버린 것에 대하여

　민속 포목점에서 명주 옷감 한 마를 사서 부부한복집으로 갔다 재단을 마친 두꺼비 여사는 한복보다도 양장이 내게 더 잘 어울린다고 하였다 시집와서 여태까지 민저고리에 몽땅바지만 입고 살아왔다고 말하니까 내게 까치네 양장점이라는 명함을 주면서 길 건너에서 남편이 하는 가게를 소개하였다

　이른 새벽부터 딱따구리 영감이 찾아와서 따따부따 따따부따 떠드는데 시끄러워서 잠을 깼다 저번에 구렁이 사둔 댁 칠순 잔칫날에 내가 빌려 간 신발 뒷굽이 다 닳아 신을 수 없게 되었으니 새 신발로 변상해 달라고 화를 냈다 새 신발을 사주면 낡은 그 신발을 내게 주겠느냐고 하니까 딱따구리 영감은 그러마 하면서 돌아갔다 그 길로 나는 노루제화점에 가서 요즘 유행하는 뾰족 구두 한 켤레를 맞추었다

　호랑나비 누나가 멀리 시집을 간다 막내동생 배추흰나비는 떠나는 누나의 치마폭을 붙잡고 눈물을 펑펑 쏟고 있었다 누나야 시집살이 힘들어도 친정에 자주 놀러 와야 한다 여동생 모시나비는 언니의 방에 꼭꼭 숨어서 함박눈이 내리는 그 겨울밤에 귀에 못이 박이도록 들려주던 콩

쥐팥쥐 이야기를 눈물이 핑 도는 그 슬픈 이야기를 한 번
만 더 들려달라고 졸랐다 막둥이 꼬리명주나비는 누나가
빨래를 하던 시냇가에 앉아 편지를 쓰고 있었다

　양조장집 큰아들 오소리는 경성유학을 갔다 온 인텔리
였지만 한동안 빈둥빈둥 놀고먹는 룸펜으로 지내다가
늙은 아버지의 가업을 이어받아 오소리표 막걸리를 제
조하였다 그러나 후각이 뛰어난 보부상 너구리는 이 공
장에서 만든 술은 누룩으로 비즌 술이 아니라 방앗간에
서 찧어온 밀가루에 카바이드를 섞어서 만든 가짜 막걸
리라고 경찰서에 신고했다 깅력세 그낙새 형사가 찾아
와서 밀주를 만든 죄로 오소리 사장 두 손에 수갑을 채
우고 잡아갔다

　수표교 다리 위에서 패싸움이 일어났다 종로파 오야봉
코끼리는 쌍도끼 이리 애꾸눈 불곰 털보 원숭이 돌주먹
고래를 데리고 나왔다 보스 독사 형님을 앞세운 동대문
파는 곱사 백여우 박치기왕 노랑부리저어새 이빨 하이
에나를 비롯한 식구들이 총출동하였다 구경꾼들이 구름
처럼 몰려왔다 결투는 싱겁게 끝났다 종로통 멧돼지 총
포사에서 들려오는 오발탄 소리에 기겁하여 건달들은

구경꾼들보다도 더 빠른 걸음으로 흩어져 달아났다

　군대 간 너구리가 제대를 하였다 3대 독자 너구리가
월남파병에 자원입대하자 집안은 온통 울음바다가 되었
다 맹호부대 너구리 일등병은 밀림 속에서 베트콩과 전
투 중에 지뢰를 밟아 한쪽 다리를 잃었다 상이용사 너구
리는 대낮부터 술에 취해 고래고래 소리를 지르면서 사
람들과 시비를 붙고 말썽을 피웠다 6·25 때 남편을 잃
은 너구리 어머니는 평생 아들 뒷바라지만 하다가 끝내
머리를 싸매고 몸져 드러누웠다

2부

귀가

　장성 외곽 내성을 쌓을 일꾼을 구한다는 방榜을 보고 한달음에 관아로 달려갔다
　남산 벌목공을 하다가 일자리를 잃고 빈둥빈둥 놀다가 얻은 일감이라 실로 긴요했다
　산허리에서 등짐으로 돌더미를 날아서 장방형으로 터파기하여 성벽을 높이고 성가퀴를 보수하였다
　성벽과 성벽을 잇대어 치를 쌓아 망루를 올리고 멀리 외성 밖 수로에서 물길을 끌어와서 성하城下에 한 마장 깊이로 해자를 만들고 목책을 세웠다
　박모가 물러가고 야기夜氣가 스며드는 초저녁에 가축을 부리는 정승 집 머슴의 목청소리가 점점 높아지자 감히 어느 안전이라고 호통을 치느냐는 대감 마나님의 성난 불호령에 배곯아 지친 외양간 소와 마구간 당나귀가 빈 여물통을 깨면서 들고일어났다
　장안에서 내놓으라는 한량들과 주먹깨나 쓴다는 불량배들이 모여들기에 십상인 저잣거리 투전판은 와자지껄 떠들썩하여 취중에 술잔이 날고 화투장이 날아다녔다
　허름한 뒷골목 유곽에서 하나둘씩 홍등을 밝히면 추파를 던지는 계집녀 낯바대기에 희색이 돌고 간드러진 웃

음소리가 끊이질 않았다

칠흑 같은 어둠이 내리고 사위가 고요해지면서 궁궐 수문장이 성문을 숙위하는 파수꾼들에게 통금을 하명하자 성문이 굳게 닫혔다

어전회의를 마친 임금님은 멀리 서역에서 진상품을 바치러 온 사신을 알현하고 이천 햇쌀에 전라도 순천산 고들빼기김치와 개성 만두 평안도 동치미 삼색 나물 등 12첩 저녁 수라상을 물렀다

밤하늘의 별들이 일제히 북향하여 대왕마마 처소로 향히는 임금님의 별궁 행차 길을 굽어보면서 천하태평 군왕천세를 목 터지게 외쳤다

종5품 공조판관 나리 곁에서 엽전꾸러미를 차고 시립한 늙은 아전衙前이 마치 제 호주머니에서 나오는 노임인 양 개밥그릇에 개밥을 주듯 하루 일당을 던져주니 일꾼들은 그저 황송하여 넙죽넙죽 허리를 굽히면서 성은에 감읍할 따름이었다

쥐꼬리만큼 가벼운 하루 일당 동전 몇 닢 달랑 손에 쥐고 돌아오는 길에 성문 밖 장마당에서 됫박 소금과 북어 한 마리를 사서 여각으로 돌아와서 늦은 허기를 달랬다

폭설

함박눈은 펑펑 내리는데 탁발 나간 스님은 돌아오지
않았다
　길을 잃으면 호랑이 눈빛을 보고 길잡이 삼아서 오면
되고
　길이 막히면 늑대 떼 뒤를 따라서 늑대 굴로 가면 되고
　길이 끊기면 나귀를 빌려 타고 오라는 말씀에
　약방에 심부름을 간 동자승은 새끼 당나귀를 빌려 타
고 돌아왔다
　처음 출가하던 날 스님은 동승을 등에 업고 절 문 앞까
지 걸어가면서
　이렇게 높은 곳을 바라보면 길눈이 밝아진다고 하였다
　삭발을 하면서 이렇게 머리를 짧게 밀어야 세상이 더
넓게 보인다고 하였다
　법당 벽화에 아침 햇살이 노루 꼬리만큼 찔끔 비추었다
　뽀얀 눈 먼지가 일으키면서 급히 자전거를 타고 온 읍
내 파출소장이
　동자승에게 회색 털모자를 보여주면서 이 모자의 주인
이 스님께서 쓰던 물건이냐고 물었다
　소장은 침울한 표정으로 다시 이것저것을 꼬치꼬치 캐

물으면서 낡은 고무신을 내밀면서 이 신발이 노승께서
신던 신발이냐고 물었다
    스님께서는 동자승이 타던 흰 암당나귀 발자국을 뒤따
라가다가
    이튿날 싸리나무숲 속 암자 근처 눈 속에서 합장하고
앉은 채로 발견되었다고 하였다

길

흰 감자 꽃잎이 지는 늦봄을 구릉 노지에서 보내고
자색 고구마꽃피는 황톳길에서 여름 한 철을 맞이하
였다
어린 말똥가리와 물총새는 앞산 뒷강을 넘나들면서 지
저귀고
쌍둥이 하늘다람쥐는 나무와 숲 사이를 날아다녔다
그대는 나의 긴 그림자를 밟으면서 뒤따라오는 도중에
심중에 남아있는 말 없는 나의 의중을 읽었으리라
그대는 나의 뒷모습이 점점 멀어져가는 동안에
미풍에 조금도 흔들리지 않는 나의 마음을 능히 믿었
으리라
인적이 끊기고 인기척이 멎은 마른 길섶 갈림길에서
뒤돌아보면서 신발을 벗어 새로 고쳐 신고 신발 끈을
죄었다
강물이 강물에 모여서 물길을 만드는 강나루길 초입에서
또 한 번 뒤돌아보면서 팔뚝까지 소매를 올려 걷고
두 주먹을 불끈 쥐고서 아침노을이 지는 강변 사구를
넘어갔다
길이 강물에 막혀 가는 길이 없어질 때까지 걸어갔다

노을 속으로 가는 길이 끊기는 하얀 종점까지 터벅터
벅 걸어갔다

그냥 돌아갔다

속눈썹이 길고 귓불이 빨간 봉선화가 피었다
서낭당 솟대가 서 있는 구릉지 언덕을 넘어
산사꽃 피는 옛 절터에 들까마귀가 날고 있었다
반달이 떠있는 붉은 수수밭 길을 지나가다가
금광에서 노다지를 외치는 소리가 들렸다
부지기수로 흩어져있는 북쪽 하늘 잔별들이
큰곰별 자리를 만들어갈 때 흰 갈대숲에 닿았다
여기서부터는 바다와 같은 큰 강을 건너야 하는데
그것은 내게 무리였다
달포 전에도 이곳 나루터까지 왔다가 그냥 돌아갔다

또 산수유 꽃이 피다

작년 봄에 지다만 산수유 꽃이 마음에 걸렸다
내심 하도 조마조마해서 혼이 났던 기억이 생생하다

덕분에 겨우내 봄꽃을 감상하는 행운을 누리었다
누가 일부러 흔들지 않는 한은 삼 년은 더 갈 것 같다

삼 년 내에 다시 돌아온다는 장담은 못하지만
어디를 가도 그 겨울 한 철만큼은 눈에 밟힐 것이다

난생처음 아본 고장은 말투도 낯실고 의복노 어색했다
황금색 꽁지깃을 가진 공작도 있고 등 푸른 제비도 많
았다

봄을 다 보내고 왔는데 여기는 이제 봄이 시작되었다
운 좋게도 한 계절에 산수유가 두 번 꽃피는 것을 보았다

첫날밤

꽃잠을 자던 첫날밤
귀 밝고 눈 밝은 달이 문풍지 틈새로 몰래 정사를 훔쳐
보다 일순간에 달빛을 토해내었죠

속적삼을 풀고 슬며시 치마꼬리를 내리는데
어디서 느닷없이 까무러치는 소리에 놀라
자리에서 벌떡 일어나 방문을 꼭 붙잡고 씨름하다가
그만 문고리 장석이 빠져 달빛이 한꺼번에 쏟아져 들
어왔지요

신성한 달님께서 어떻게 저런 신음하는 소리를
거룩하고 존엄한 달님께옵서 누가 보아도 낯부끄러운
누가 듣기에도 민망한 어찌 저런 야한 비명을

심히 얄궂고 괴이쩍어 의아해하고 있는데
달님은 뱅긋이 웃으면서 말하기를
앞마당에 홍매화가 먼저 보고 감탄하고 먼저 듣고서
아연실색하여 일제히 꽃망울을 팡팡 터트리는 소리였
대요

꽃

신생아 젖꼭지만 한 꽃눈이 돋는 날에도

꽃은 핀대로 지킬 것

그중에 극히 몇 개만이 꽃피울 테지만

꽃은 핀대로 지킬 것

질투

섣달 그믐날 오매불망 긴긴 밤을 속으로 끙끙 앓아눕
는 몽상에
　홑이불만 이리저리 뒤척이다가 그만 상사병이 도져 몸
저누웠습니다

　시름시름 앓는 통증 소리에 소스라치게 놀란 새벽달이
희미하게 꺼져가는 긴 꼬리별을 붙잡고 늘어지는 통에
　은하세계 뭇별들이 고개를 갸웃하면서 저마다 수상하
다 수상하다고 아우성입니다
　일순간 당황한 별들이 다시 헤쳐모여 큰곰별 자리 물
고기자리 도마뱀 자리를 만들고
　일출을 물러나게 하고 또다시 불러낸 새털구름 한 장
이 고개를 빳빳이 세우고 의기양양 흘러갑니다
　잇단 변고에 망연자실한 달님은 골치 아파서 두 손으
로 머리를 감싸면서 부르르 떨고 있는데
　옥토끼 자매가 부리나케 달려와서 월계수나무 가지에
황황한 불빛을 밝혔습니다

　폭설이 내리는 앞마당 정원에 설중매가 피었는데

철 지난 국화는 눈치도 없이 노란 꽃대 한 대를 삐죽
내밀었습니다

하늘보다 더 높고 존귀한 내 님도
울고 갈 투기에
연애질은 고사하고
짝사랑도 내 마음대로 하지 못하는

또 발이 묶이다

우물가에 쪼그려 앉아 어떻게 하면 우물 속에 빠진
달을 길어 올릴까 궁리궁리한 끝에 결국 포기했다
북극 칠성의 무게를 재려고 푸줏간에서 저울을 빌려
왔다
눈금 읽는 방법을 몰라 도로 가져다주었다
옆 마을 용한 점쟁이 왈 금년에는 애정운이 안 좋은
괘가 나왔다 하여 몹시 실망하여 점집을 빠져나왔다
집으로 가는 길에 두루마기 편지지 낱장을 사서 왔다
손꼽아 기별을 기다리다 못 견디어 심부름 값을 주고
인편으로 편지를 보냈지만 모두 감감무소식이었다
찬 겨울이 오기 전에 낙향하려고 주섬주섬 봇짐을 싸
는데
기러기가 먼저 찾아오는 바람에 또 발이 묶여
일 년을 더 눌러앉아 살기로 했다

잠시 일손을 놓고

부용화 꽃그늘 짙어가는 수면 아래
원앙이 한 쌍 두 쌍 제 둥지를 향해 거슬러 가고
개여뀌 돌쩌귀 피고 물봉선 피어오르는 늪지
수초 틈에 잠복한 수달이 물 밖으로 나와 햇볕을 쬐고
늦장마가 멎고 서리 내리는 초가을인데
저 하늘의 기러기 떼는 이 마음을 어이 헤아리는지
부리에 물고 가는 갈댓잎을 내 머리 위에 하나씩 떨어
뜨리고
어느 누구의 품에 안기려고 유유히 나래 저어 가누나

한나절 노동 중에 잠시 일손을 놓고
낙숫물 떨어지는 종묘 육조六曹거리 추녀 밑에서
한 모금 담배 연기를 날리면서 긴 시름을 달래봅니다

끝내 울음을 참지 못하고 오열을 하였습니다

흐느껴 울지언정 이 마음은 흔들리지 않습니다
세게 흔들릴지언정 이 몸은 쓰러지지 않습니다

송별

매화나무 가지 위에 휘파람새가 날아왔다고 가리켰지만
눈길 한 점 보태지 않고 발길을 돌려야만 했다
올빼미 남매가 엿보고 두더지가족이 훔쳐보고 있다고
귀띔해 주었지만
뒤돌아서 손 한번 흔들지 못하고 떠나야만 했다
입석 마애불상이 있는 절 마당 앞까지 함께 가겠노라고
하면서 내민 손길을 차마 뿌리치지 못했다
맹꽁이가 사는 갈대숲 습지까지 배웅해주겠노라고 하여
굳게 부여잡은 손을 기어이 놓지 못했다
이왕이면 수제선이 보이는 하얀 사구까지 바래다 달라
고 하였다
기왕 온 김에 강나루 선착장까지 데려다 달라고 하였다

쪽배는 뱃머리를 끄덕끄덕 돌리면서 떠나려 하는데
나는 뭍에서 발을 떼지 못하고 한참을 망설였다

문밖에 오신 님

봄빛 길어지는 춘분에 오시려나요
해 저문 가을날 입추에 오시려나요
내심 속마음은 조마조마하고
가슴이 두근거리는 설렘을 주체하지 못하겠어요
창호지 문살 틈새로 슬쩍 쪽지를 전해 주고
왔다갔다는 증표로 헛기침도 한번 해주고 가세요
남녀 간의 사랑이 어디 별거 인가요
그믐밤에 소리 없이 왔다가
소리 없이 가버린 그믐달 같은 걸요

봄밤

하룻밤만 더 머물렀다가 가세요

봄볕에 터지기 일보 직전인 매화꽃도 구경하고요

달밤에 구슬피 우는 두견새의 하소연도 못 이기는 체 들어주고

탱자나무 울타리에 꽃등 걸린 상갓집에 문상도 다녀오고요

십일 년 만에 한번 온다는 개기월식도 놓치고 그냥 가면 서운하지요

날이 밝으면 고갯마루 서낭당 어귀까지 몸소 바래다 드릴게요

당산나무 신령님께 절을 하고 떠나시면 내 마음은 오죽 편하겠어요

이럴 적에는

성곽 파루에서 통금을 알리는
쇠 북소리가 은은하게 들려옵니다
성문을 닫기 전에 서둘러 가야만 합니다
저문 날 황혼빛에 마음은 바빠지고
낮달을 밀어내는 초저녁 첫 별이
발걸음을 더욱 빠르게 재촉합니다
가까스로 성읍을 멀리 벗어나
포구 선창가 여인숙에서 쪽방을 빌려
여장을 풀고 한숨 눈을 붙입니다

그대가 내 곁에 없는 이럴 적에는
헤일 수 없는 밤하늘 잔별들처럼
내 마음은 불인 불안합니다

그대가 내 곁에 없는 이럴 적에는
깜박깜박 흔들리는 호롱불처럼
내 가슴은 이리저리 요동을 칩니다

언젠가는 다시 만나게 되어있다

진눈깨비 날리고 추적추적 눈비가 내린다
연일 그침 없이 내리는 눈은 어디까지가 하늘이고
어디서부터 하늘 아래 길인지 알 수 없는
폭설이 내리는 천지간을 의연하게 때로는 비장하게
설원을 가로질러가는 저 달은 하현달이었다

눈보라가 일고 갈수록 눈발이 굵어진다
잔설이 내려앉은 회화나무 가지 위에 붉은 눈 먼지를
털고
날아간 새는 수리나 매 아니면 솔개일 거라고
날개를 접고 꽁지를 비비 틀면서 당당하게 때로는 고
고하게
광야를 향해 다가오는 저 혜성은 긴 꼬리별똥별이었다

언젠가는 다시 만나게 되어있다
나는 멀리서 그대를 찾아가고 있고 그대는 내게 가까
이서 다가오고 있으니까
언젠가는 다시 만나게 되어있다
그대는 내 마음속에 있고 나는 그대 내 몸 안에 있으니까

가을밤

앞다리가 길고 머리가 큰 귀뚜라미 한 쌍이
들창문으로 날아와 베갯맡에 앉았습니다
가슴팍 심장을 파고드는 울음소리에
방주인은 귀를 막고 참다가 더 못 참고
문고리를 박차고 마당으로 뛰쳐나왔습니다
황금빛 탱자알이 익어가는 울타리 밖에는
달항아리 같은 통실한 연밥이 무르익고
물총새 앞다투어 날아가는 공중에는
흰 백색 분꽃가루로 꽉 찬 오밤중입니다

돌아오는 날

잠시 들렀다 간다는 길이 하룻밤을 묵고
하룻밤만 더 묵고 간다는 길이
계절이 바뀌어 철새가 내리 깃들고
어언 들꽃이 무시로 피는 또 다른 계절이
작은 고장 산하에도 찾아왔습니다
이 고장 사람들은 모두 친절하고 상냥하지만
여기는 더 이상 내가 머무를 곳이 아닙니다
강물이 모래톱을 끼고 도는 한적한 이 고장에서
내가 여기서 할 일은 아무것도 없습니다
어딘가 갈 곳이 있어서 떠나가는 것은 아닙니다
누군가 만날 사람이 있어서 떠나가는 것은 아닙니다
발길을 멈추는 곳이 내가 머무를 곳입니다
길 위에서 머무는 날이 내가 돌아오는 날입니다

3부

선상船上에서

오전 내내 가랑비가 내리고 오후 내내 굳은 비가 내렸다
종일 내리는 비에 강물이 불어 통통하게 뱃살이 올랐다

물 밖으로 잔뿌리를 드러내고 표표히 떠도는 물풀들이
우수에 젖은 내 마음 못지않게 처량해 보였다

하염없이 나리는 빗줄기야 언제 그쳐도 그치겠지만
왜 하필 우중雨中을 가로질러 어디로 가는가 저 기러기는

잠깐 비 그친 구름 사이로 삐죽 얼굴을 내민 낮달이
안색을 바꾸는 황망 중에 호기를 놓치고
다시 먹구름 속으로 슬며시 꼬리를 감추었다

한걱정 덜면 또 한 가지 근심거리만 더 늘어나는
좀 더 의연해지기로 다짐했지만 시름만 깊어가는
오늘은 온종일 신세타령만 하다가 날이 저물었다

이제는 간다는 말 한마디도 못하고 작별했고
언제 온다는 기약도 말 못하고 떠나왔다

거처가 정해지면 기별을 전할 것이라고 말했을 뿐
확실하게 말할 수 있는 것은 아무것도 없었다

비 피할 곳이 없어 선미船尾 구석에 쪼그려 앉아 있는데
늙은 뱃사공이 도롱이를 벗어 내 어깨 위에 덮어주었다

마지막 밤

대숲 칠성각에 연등불 밝히고 온다고 말할까 하다가
무당집 굿판에 구경 간다 말하고 밖으로 나왔다
장마가 오기 전에 짚으로 이엉을 엮어 지붕에 얹었다
문고리도 튼튼한 쇠로 갈아 끼고 도배장판도 마쳤다
후미진 마당 한 켠에 장작 네댓 강다리를 패고
싸리나무로 빗자루를 만들고 숫돌에 낫날도 갈아 놓았다
아궁이를 고치고 고장 난 풀무를 손본다는 것을 깜박
잊었다
볕 잘 드는 양지바른 쪽으로 장독대를 옮겨야 했으며
어린 뽕잎 새순을 따주고 수국 꽃대를 세웠어야 옳았다
몇 가지 할 일이 더 남아있지만 이제는 원체 늦었다
하얀 달빛을 품은 흰 탱자꽃에 푸른 가시가 돋보였다
반딧불이 성가시게 쫓아다녀 달빛그림자 속에 몸을 숨
겼다
마당을 몇 바퀴 빙빙 돌다가 슬며시 방문을 열고 들어
왔다
호롱불 아래 바느질하는 그이의 손등이 희고 고왔다
오랜만에 굿구경 한번 실컷 하고 왔다고 말하면서
벽에 등을 돌리고 누워서 자는 척을 했다

고양이를 걱정하다

아홉 마리나 새끼를 낳은 암고양이가 집을 나갔다
전염병이 돌아 세 마리가 죽고 두 마리는 족제비가 물어갔다
이전에 낳은 새끼를 더하니 도로 아홉 마리가 되었다
양식을 아껴 매일 쌀겨 삼분지 일 홉씩만 먹이를 주고
어금니가 자라면 야생들쥐를 잡아먹게끔 일러주었다
보름에 한 번씩 목욕을 시켜 꼬리털을 윤나게 빗질하고
발톱은 깍돼 코 밑에 수염은 절대 깎지 말라고 당부하였다
야행성 강한 앙칼지고 표독한 성질과 고약한 잠버릇
그리고 똥오줌 누는 습관을 알려주었다
그믐밤 발정 난 떠돌이 들고양이와 눈이 맞아 가출한
어미 고양이는 돌아오지 않을 것이니 찾지 말고
방물장수 할멈에게 과부 고양이를 한 마리 구해달라고
부탁해 놓았으니
기다리면 곧 좋은 소식이 오리라 하였다
살아가면서 세상에 별의별 걱정이 다 있다지만
멀리 객지에 와서까지도 두고 온 집 고양이를 걱정하다니
하지만 지금 이 걱정 외에 다른 걱정거리는 내게 아무
걱정거리도 아니었다

여문 꽃씨를 받으면서

그대가 혼신의 힘을 다해 꽃을 가꾸면
나는 정성을 다해 꽃대를 손질하였습니다

그대와 헤어지는 날
찔끔 한 줌 햇살에 벼락같이 꽃이 피고요
그대가 떠나는 날
별안간 부는 바람에 후다닥 꽃이 지고요

그대는 떠났지만 꽃은 그 자리에 피었고요
이듬해에도 여지없이 그 자리에 또 피었고요

절로 피는 꽃은 없다는 그대 말씀을 기억하면서
그대가 애써 일군 꽃길에서 여문 꽃씨를 받아
내년에도 싹을 틔워 꽃을 피우겠습니다

백 번을 울고 천 번을 더 울었다

서낭당 고갯마루 당집 돌무더기 앞에서
성황님께 연신 절을 하는 그대 모습을 바라보면서
가슴 속으로 백 번을 울고 또 울었습니다

슬퍼지니까 울먹이거나 흐느끼지 마요
이 세상에는 피할 수 있는 이별은 없으니까요

산신각 장승배기 언덕길 당산나무 가지 앞에서
오색 비단 조각을 걸면서 두 손 모아 소원을 비는 그대
모습을 바라보면서
가슴 속으로 백 번을 울고 천 번을 더 울었습니다

슬퍼지니까 낙담하거나 체념도 하지마요
이 세상에는 피할 수 없는 이별도 없으니까요

사랑도 한순간이랍니다
눈앞에 보인다고 항상 가까이 있는 것은 아니랍니다

이별의 순간도 한순간이랍니다
눈 밖에 있다고 항상 멀리 있는 것은 아니랍니다

내가 어떻게 하면

별을 따다 드릴까요 은하수를 떠다 바칠까요
내가 어떻게 하면 그대를 이롭게 할 수 있나요
아지랑이를 캐다 줄까요 무지개를 꺾어 올까요
내가 어떻게 하면 그대를 맘 편히 보낼 수 있나요
밤새 벼루를 갈아 먹물을 만들고 여벌 옷 몇 벌
소매 단을 꿰고 헤진 갓을 고쳤습니다
괴나리봇짐에 노잣돈 몇 푼과 짚신 세 켤레
간식으로 삶은 계란 다섯 알과 곶감 한 줄을 넣었습니다

먼동이 트기 전에 당장 내 손으로 할 수 있는 일은 이
일뿐입니다

꿈길

눈물방울 주렁주렁 매달려 있는
옷고름 입에 물고
곤히 단꿈을 꾸면서 기다릴래요
행여 남이 볼까 수줍어서
숫처녀 젖가슴 분홍젖꼭지 살짝 드러내고
상서로운 길몽을 고대할래요
혹시 누가 와서 나를 찾거들랑
내가 먼저 길을 떠났다고 전해주오
떠난 길을 묻거들랑
꿈길로 곧장 가라고 전해주오
꿈길밖에 길이 없으니 가는 도중에
서로 길이 어긋나도 당황하지 말고
꿈길이 아닌 길은 절대로
가지를 말라고
내 말을 꼭 전해주오

꿈길 밖에서

수려한 봄날에 꽃가마 타고
시집가는 어린 새색시를 누가 보았나요
다시곳이 속눈썹을 내려감고서
가마 문을 슬며시 열어 힐끗 곁눈질하던

화사한 꽃날에 흰당나귀 타고 오시는
우리 낭군님을 혹시 누가 모르시나요
이 고을 저 고을을 백방으로 수소문하면서
가든 길을 묻고 오던 사람을 여쭈어보던

나는 처음 갔던 길로
급히 되돌아가고 있는데
한 발 앞서 간 내 님은 벌써 되돌아와서
꿈길에서 걸었던 그 길이 아닌
꿈길에서 만났던 그곳이 아닌
처음 왔던 길을 훨씬 지나서
꿈길 밖 저 멀리
더 먼 길 더 먼 곳으로
종종걸음으로 바삐 가고 있네요

두견새에게

그런데 밤새 울음을 어떻게 참았니 누가 대신 울어주
는 사람도 없이

그리고는 그렇게 빨리 날아가 버렸니 누가 위로해 줄
틈도 없이

그리하여 그분이 오신다더냐 이제 떠나가면 못 볼 그
분이 정말 오신다더냐

눈물 한시 마를 날 없는 나는 눈물마저 말라붙어 더 이
상 울 힘도 없단다

답답한 사람아 오늘 못 가면 어때서 내일 가면 어때서
내일 못 가고 영영 못 가면 어째서

아 아 고지식한 사람아 내게 무슨 말 못할 사연이 있어
저리 급히 떠나는가

이 미음 변하기 전에 얼른 돌아와요 여자의 마음은 언
제 변할지는 나도 장담을 못해요

떠나가는 사람을 붙잡지 못하고 발만 동동 구르는 노
심초사 애간장만 녹이는

지금 이 심정을 누가 이를 어찌 알고 어찌 누가 이를
알겠느냐마는

만약에 너라면 어떻게 하겠니 혹시 네가 나라면 어떻
게 하겠니

헤어져 있어도

두견새 울음이 귀에 잡히는 이른 새벽
마지막 한 소절까지 엿듣다 귀때기를 닫아버린
물안개 피어오르는 붉은 연꽃밭에 맺힌 아침이슬
못 본 체하면서 소경처럼 눈꺼풀을 내려버린

수양버들가지 낭창낭창 늘어진 강변나루 언덕길을
아무 일 없었다는 듯이 태연히 걸어가는
꼭두서니덤불 많고 으름덩굴 많은 수제선 외딴길을
도포자락 소맷자락 날리면서 터벅터벅 걸어가는

연분홍 복사꽃 그늘에서 새끼손가락을 걸고 사랑을 맹
세했던 너와
달빛이 쏟아져 내리는 비단이불 속을 흠뻑 적신 뜨거
운 연정을 나누었던 나는
떠나고 싶어서 떠난 사람이 아닌 나와 보내고 싶어서
보낸 사람이 아닌 너는
돌아서서 눈물을 감추던 너와 돌아서면서 끝내 눈물을
감출 수 없었던 나는

헤어져 있어도 사랑은 가능하다
멀리 헤어져 있어도 사랑은 얼마든지 가능하다
나에게 없는 것은 너에게는 있고 너에게 없는 것은 나
에게는 있으니까

여로

일몰 전
달이 기울기 전
달빛이 스러지기 직전
달빛 그림자가 사라지기 일보 직전

소쩍새는 짝을 찾아 날아가고
자정이 지난 후
홍매화는 꽃잎을 굳게 닫았습니다

강변 나룻가 어느 불 꺼진 주막에 이르러
잠든 주모를 깨워 술상을 청했습니다

멀리서 길손이 왔다는 노파의 말 한마디에
입술을 앙다문 홍매화는 허벅지를 꼬집어 눈물을 쏙
빼면서 사방 천지에 꽃보라를 흩뿌리고
한밤 뒤질세라 소쩍새는 앞다투어 날아와
공중에서 갖은 교태를 뽐내면서 부리로 연신 창문을
두드립니다

어느새 얼굴에 곱게 분을 바르고 옷맵시를 단정히 한
늙은 주모가 찡긋 눈인사하면서 창문을 활짝 열자
앞서거니 뒤서거니 가는 큰 달 작은 달이
밤하늘에 동시에 나란히 떠있습니다

한 잔 술에 술기운이 핑 도는 초저녁입니다
저 하늘에 떠있는 초승달은 누구의 눈썹입니까

몇 잔 술에 그대 생각이 절로 나는 야밤입니다
이 술잔에 떠있는 빈달은 누구의 사슴입니까

나도 기다림에 지쳐 있단다

지는 저 꽃잎이 지천으로 날리듯이
세월 가면 언젠가는 만나리라 했는데
이렇게 오랫동안 헤어져 있을 줄은 몰랐다

흐르는 저 강물이 하류에서 만나듯이
세월 가면 언젠가는 만나리라 했는데
이렇게 오랫동안 헤어져 있을 줄은 정말 몰랐다

눈앞에 보여야만 사랑하는 것은 아니다
눈앞에 보이지 않는다고 사랑이 끝난 것은 아니다

그대여
그대만이 기다림에 지쳐 있는 것은 아니다

나도 기다림에 지쳐있단다

4_부

꽃 무덤

지난밤 춘풍에 꽃대가 서고
오늘 밤 내린 봄비에
꽃잎이 뚝뚝 떨어지고요
한 생애 통틀어 이런 날들을
놓치지 않고 살아온 그대를
언제 다시 어디서 어떻게 다시
만날 수 있나요
구만리 같은 인생길을 꽃잎처럼 배회하다가
어느새 발등에 수북이 쌓인
꽃 무덤

지금 내가 할 수 있는 일은

지금 내가 할 수 있는 일들 중에서
단 하나 밖에 할 수 있는 일은
떠나가는 그대를
고이 보내 드리는 일이다

사랑했던 그대를 어디서 만나
어떻게 사랑했든 간에
지금 내가 할 수 있는 일은
발밑에 놓여있는 절벽처럼 확실하다

지금 내가 할 수 있는 일들 중에서
단 하나밖에 할 수 있는 일은
눈물을 머금고 그대를
고이 보내 드리는 일이다

사랑했던 그대가 어디서
또다시 누구를 만나서 어떻게 사랑하든 간에
지금 내가 할 수 있는 일은
벼랑 끝에 핀 한 송이 들국화처럼 확실하다

내가 언제 그대를

저 달 속에 무슨 피치 못할 사연이 숨어있기에
그대는 임 계신 곳을 굽어보는 월백을 한탄하면서 흐
느끼고 있나요
옷고름에 눈물방울을 찍으면서

저 달 보고 맺은 언약이 무슨 약속이었기에
그대는 이지러진 조각달을 올려다보며 넋두리하면서
오열하고 있나요
두 손바닥에 얼굴을 감싸면서

내가 언제 그대를 속였다고
내가 언제부터 그대에게 믿음을 앗아갔다고
나를 어찌 그대조차 이리 힘들게 하는가요
지금은 때가 아니니 아직은 때가 이르니
나를 찾지 마요 내 이름을 부르지 마요
딱히 세상 어디에 마음 한 곳 둘 데 없어
정 한 점 못 부치고 오도 가도 못 하고 이렇게
차가운 달빛 아래에서 지난 맹세를 다짐하고 있는
나를 불신하면 어떡해요 나는 결백해요

그대가 아니면 나를 믿어주는 사람이 누가 있다고
나를 너무 나무라지 마요 나를 탓하지 마요
나 말고 또 누가 그대를 믿어주는 사람이 있다고
나를 못 믿으면 도대체 누구를 믿으시려고
내 곁에서 멀어지면 평생 속고만 사실 건가요

불치병

싸리문 밖에서 낯선 사람이 나를 찾는다는
전갈을 받고 급하게 문턱을 넘다가
넓적다리를 다쳐 붕대를 감았다
창문 열어 들어오라는 달빛은 아니 비추고
몹쓸 고뿔이 대신 들어와 밤새 열나고
기침이 콜록거려 이제는 정말 죽는 줄 알았다
가슴 태우고 창자가 끊어지는 마음의 병은
약으로도 고칠 수 없는 불치병이라고
나를 아는 사람들은 모두 한마디씩 하고 갔다

동네 한의원에 침을 맞으러 나가려는데
누가 언제 왔다 갔는지 방문 앞에
꿀 한 단지와 인삼 몇 뿌리가 놓여있었다

기별이 오다

한 뼘도 안 되는 조막만 한 햇살이 비추자
옳거니 하면서 파초가 먼저
기린 혓바닥만 한 꽃을 날름 피웠다
하현달에서 방아 찧던 옥토끼가 날랜 별에 꼬리가 댕
강 잘려나가자
임신한 암나귀가 배꼽을 볼록 드러내고
마구간 바닥을 구르면서 자지러지게 웃었다

봉황새가 돌아오기 전에 사다리를 타고
오동나무에 올라가 새집을 바꿔달아 주었다
늦은 저녁 다시 둥지로 돌아온 봉황이
잘 여문 까만 대나무 열매를 부리로 물어다 주었다

마침내 기별이 왔다는 소식에 맨발로 마당으로 뛰어나
갔다
심부름꾼은 겉봉에 꽃술을 수놓은 편지를 건네주면서
병색이 짙은 내 얼굴을 보고 혀를 끌끌 차면서 돌아갔다

당신에게 사룀

천 년 묵은 구미호가 산다는 여우고개를 넘어
주름치마처럼 늘어진 산허리 아래 능선길을 타고
검은 구름이 모이는 검은 산 검은 숲 검은 물이
흐르는 검은 계곡 검은 골짜기를 지나
검붉은 싸리나무꽃 우거진 당집 어귀 오리쯤에서
흰 당나귀를 타고 오는 당신을 보았어요

간밤에 사무치는 미몽마저 사치며 호사라고 치부하는
나는 출세도 바라지 않고 부귀영화도 원치 않아요
몸 성이 잘 있다는 소식만이라도 종종 전해 주세요
홀로 방안에 앉아 먼 발 굴려 생각하니 민망할 따름이나
행여 딴마음을 품거나 한눈을 팔면 안 됩니다
저잣거리 미모 반반한 젊은 처자가 추파를 던지면
그냥 눈 딱 감고서 모르는 척하고 지나쳐 가세요
어쩌다가 못된 계집녀 수작에 넘어가 곤경에 처하면
그때는 먼 장래를 약속한 사람이 있다고 적당히 핑계
를 대고요

삼을 잰 꿀단지를 인편에 보내니 매 끼니 후 자시고

귀한 신체 한 치도 소홀히 하지 마심을 당부하면서
빨리 회답하심을 바라오며 삼가 봉함
당신에게 사룀

편지를 읽다

어찌하여 이른 나이에 사랑에 눈을 뜨게 되었는지를
철쭉 군락지 우산 모양 꽃그늘 아래
한 무리 벌 나비가 머리를 맞대고 수군거리면서
난생 첫 입맞춤을 숨죽여 지켜보았다

그리고 어찌하여 그리 쉽게 헤어져야만 했는지를
은하군단을 호령하는 초저녁 샛별이
엄정한 눈동자로 밀애를 내려다보던 그 기억이
불과 엊그제 일 같이 눈앞에 생생하기만 한데

심부름 갔던 사람이 다녀간 후에 더 심한 몸살을 앓았다
한동안 일이 손에 잡히지 않는 후유증에 시달렸다
한 획 한 글자마다 담겨있는 구구절절한 사연은
읽는 이로 하여금 가슴을 무지 저리게 하였다

일거리가 없거나 외롭고 힘들면 여기 걱정은 하지 말고
언제든지 한시라도 돌아와 달라는 신신당부와 함께
다음에는 말린 웅담을 구해서 보내겠노라고 하였다

답신을 보내다

늦잠에서 깨어 일어나보니 봄비가 내렸다
간밤에 내린 많은 비에 개울물이 불어 개미집이 떠내
려가고
흙 무덤 앞에서 청개구리가 쪼그려 앉아 울고 있었다
어린 개똥지빠귀가 어미 새 입김으로 젖은 꽁지를 말
리고
등딱지를 벗어던지고 달아난 민달팽이가 돌아왔다
먹구름이 한 껍질씩 벗겨지면서 날이 개고
차차 바람이 잦아지면서 햇살이 줄기차게 쏟아져 내렸다

파초 꽃대가 쓰러진다는 다급한 외침에
맹물에 밥 한술을 말아 먹는 둥 마는 둥하다가
얼른 숟가락을 던지고 화난으로 뛰쳐나갔다
다행히 금방 말귀를 알아들은 파초는
어느 틈에 양지 녘 한 켠에서 사타구니를 벌리고 마른
햇살을 쬐고 있었다

때마침 울 밖을 지나가는 늙은 심부름꾼을 불러
그림자가 길고 그늘이 넓은 파초나무 잎사귀 아래에서
급히 편지지에 몇 글자를 적어 나귀에 실어 보냈다

자세히 설명해주다

잠자리가 하도 뒤숭숭하여 동창東窓을 열어보니
날이 밝기도 전에 토방 앞마당이 떠들썩하고 부산하다
영리하고 눈치 빠른 여우는 어떻게 내 마음을 읽었는지
싸리문을 활짝 열어놓고 부리나케 산등성이 너머로 달
아났다
어떻게 내 꿈을 알아차렸는지 까치는 마당을 청소하고서
낙엽을 쓸어 모아 불까지 놓아 태우고 갔다
암고양이가 부뚜막 위에 푸짐한 밥 한 상을 지어놓았다
장끼가 꽃밭에 물을 주고 나귀에게 건초를 먹였다
흑염소는 빨래를 걷어 툇마루에 곱게 개켜 놓고
달팽이는 옷장을 정리한 후에 신발을 깨끗이 닦아놓았다

전날 밤만 해도 생각지도 않은 일이라 너무 성급하지
않았나 하는 노파심도 있었지만 개의치 않았다
간밤에 꿈속에서 그대를 만나지 않았더라면 적어도 그
때까지는
나는 귀향할 생각이 전혀 없었음을
이들을 모두 마당 한가운데에 불러 모아놓고서 자세히
설명해주었다

지난겨울

구름 끝자락에 걸친 눈발이 서성이다가 물러갔다

달빛 주변을 기웃거리던 진눈깨비도 멀찌감치 뒤로 갔다

어차피 떠날 거라면 일찍 서두르는 편이 더 좋았다

짐 보따리를 꾸린다는 핑계로 대강 사나흘을 더 머물
렀다

지난겨울에는 봉황이 떠난 오동나무 둥지에 방울뱀이
몰래 알을 낳았기에 새끼를 부화시켰고

어항 속 잉어가 수염이 턱밑까지 자라 흙탕물에 풀어
주었다

올해는 기러기에게 밥을 주면시 겨울 한 철을 더 나려
했으며

올무 만드는 방법을 배워 토끼사냥을 단단히 벼르고
있었다

상생의 커다란 울림

호 병 탁(문학평론가)

1.

우리가 생각하는 통상적인 시의 어법을 빗겨가는 이상
훈의 시편을 읽으며 어느 정도 충격을 받게 됨은 어쩔
수 없다. 시인은 우리를 설화의 세계로 이끌기도 하고
몽환의 세계로 데려가기도 하고 동심의 세계로 어깨를
밀기도 한다. 시인은 우리를 아득한 과거로 데려가 이백
과 두보가 살던 시대를 엿보게 하기도 하고 조선시대의
저잣거리에 서성거리게도 한다. 시인이 동원하는 어휘
들은 전아한 옛말, 한자어, 학술용어, 관용어, 상투어,
비속어는 물론 흘러간 유행가의 신파조 어휘까지 다양
하다. 그럼에도 이들 언어는 있을 곳에 자리를 잡고 참
으로 묘한 어울림을 이루어 낸다. 근래 보기 드문 이러
한 작품은 가장 예스러운 문체를 보여주는 동시에 가장
새로운 형식의 시도를 보여주는 역설적 어법으로 신선
한 충격을 주고 있는 것이다.

우선 시집의 문을 열고 있는 첫 번째 시를 보자.

　언젠가는 지나간 시절이 다시 그리워지는 날이 올 것이다//

　태조 왕릉을 지키는 십이지신상十二支神像에서 난생처음 붉은 원숭이를 보았다

　대웅전 불당에서 동자승을 태운 하얀 소가 밭을 가는 탱화를 보고 화원畵員을 꿈꾸었다

　뻐꾸기가 울면 다섯 번째 절기가 오고 호밀밭에 뜸부기가 알을 낳으면 이윽고 망종芒種임을 알았다

　한때 왕검王儉이 살았었다는 신시神市 옛 성터에 둥근 달이 뜨고 월계나무 흰 계수꽃이 피는 산정에서 우뚝 솟는 해오름을 보았다

　연푸른 안개가 피어오르고 상서로운 서기가 내리는 박달나무 숲 속에 패총貝塚이 서 있었다

　사람들은 그 조개 무덤 속의 주인은 난군檀君 대제사장님이시며 머리에 검은 고깔모자를 쓰고 발이 셋 달린 까마귀 날개옷을 입고 언젠가는 다시 이 땅에 환생할 거라고 말하였다

　언젠가는 지나간 시절이 다시 그리워지는 날이 올 것이다//

　별들이 무리를 이루고 있는 까닭은 별자리는 저마다 살아온 일대기가 있기 때문이었다

　복사꽃잎 난분분 난분분 흩날리는 밤에 고인돌 위에 앉

아 밤하늘을 올려다보면서 별 중의 우두머리가 어서 강림
하기를 기다렸다
　　삼신三神할미는 능히 점지한 신생아의 볼기에 푸른 몽고
반점을 남겨 천지天地가 하나임을 알리는 징표로서 삼게 하
였다
　　아침은 하루의 시작이며 태양이 맨 처음 떠오르는 동쪽
에서부터 아침이 온다는 것을 알았다
　　만월에서 잘게 토막 난 황금빛 달 조각이 황금나무 숲
황금가지 이파리에 삐죽 돌기 솟은 채로 내려앉으면 황금
색 날개를 가진 산림의 왕 호랑이가 까마득한 준령을 비호
처럼 날아가고 있었다

－「향수」 전문

시는 "언젠가는 지나간 시절이 다시 그리워지는 날이
올 것이다"라는 단정적 문구로 시작되고 그 '시절'과 그
'날'을 설명한다. 그리고 연을 바꾸며 이 문구를 한 번 더
반복·강조하고 그 시절과 그날을 재차 설명하는 것으
로 시의 틀이 짜여있다. 설명 부분도 모두 '했다.'라는 종
지형으로 어떤 추측이나 예단이 아닌 것이 있었던 일을
보고하는 말투다. 그러나 이 직설적 어법은 실상 '지나간
시절'이 왜 다시 '그리워지는 날'이 되는지 그 이유를 설
명하고 있음일 뿐이다.

우리는 시를 읽으며 단박에 아득한 옛날의 설화세계로
이끌려간다. 십이지신상의 붉은 원숭이, 동자승을 태운
하얀 소, 왕검의 신시, 박달나무 숲의 패총 등 시원의 사

108

고에서 비롯된 설화의 세계가 구비口碑전승의 신비한 힘
으로 오늘의 우리 앞에 펼쳐지고 있다. 시인의 향수는
유년 시절의 복사꽃 살구꽃 피는 고향이 아니다. 그것은
삼신할미가 신생아의 볼기에 푸른 몽고반점을 찍는 '지
나간 시절'에 이어지고, 단군이 삼족오의 날개옷을 입고
이 땅에 다시 환생하는 '그리운 날'에 맞닿아 있다. 따라
서 시인은 저마다의 일대기가 있는 별자리 중 우두머리
별이 강림하는, 즉 대제사장이 환생하는 날을 기다리게
되는 것이다. 그의 향수는 민족의 시원과 별의 일대기에
까지 걸쳐지는 우주적 스케일의 웅대함이 있다.

　압도하며 다가오는 이런 힘 있는 상상력은 시편 전체
에서 자주 발견된다. 일반적으로 별은 홀로 깜박이는 별
이니, 나 혼자 바라보는 저녁별 따위처럼 외로움에 빗대
사용되는 일이 흔하다. 그러나 이상훈의 별은 우선 무리
지어 있는 별이다. 위의 시에서도 시인은 "별들이 무리
를 이루고 있는 까닭"을 설명하며 별의 군집인 성좌의
일대기를 거론하고 있다. 이런 예는 또 있다. "부지기수
로 흩어져있는 북쪽 하늘 잔별들이/ 큰곰별 자리를 만들
어갈 때"(「그냥 돌아갔다」), "은하세계 뭇별들이…/ 다시
헤쳐모여"(「질투」), "은하군단을 호령하는"(「편지를 읽다」),
긴 꼬리 별똥별 무리(「재회」) 등. 시인이 시편 여기저기서
동원하는 별의 군단은 이미 그 웅대한 규모가 홀로 깜박
이는 별과는 차원이 다르다.

　일상의 교훈과 즐거움은 웬만한 시인이면 다 쓸 수 있

다. 그러나 이렇게 숭엄할 정도의 힘찬 설화적 상상력으로 쓰인 글은 흔하지 않다. 결과적으로 이는 독자에게도 통상적 서정보다 강력한 힘을 갖는 새로운 체험으로 다가오게 된다.

시의 마지막은 '황금색 날개를 가진 호랑이'가 "까마득한 준령을 비호처럼 날아" 갈 때를 '그리워지는 날'로 설정하고 있다. 역시 설화적 내용이지만 역동적인 아름다움이 있다. 특히 호랑이가 날아가는 때를 설명하는 부분, 즉 "만월에서 잘게 토막 난 황금빛 달 조각"이 "황금가지 이파리에" 내려앉을 때라는 놀라운 진술은 그 생생한 이미지로 시의 맺음을 한껏 단단하게 한다.

2.

그렇다고 해서 이상훈이 보여주는 설화적 세계는 단지 자신의 「향수」를 평면적으로 설명해 보여주는데 그치는 것이 아니다. 즉 태고와 현재의 끈을 잇고 공존하게 하는 정도가 아니다. 시인은 양자의 입체적 대비를 통해 강한 아이러니를 생성시킨다.

(…)상제의 조서를 받아든 한웅은 5마리의 황룡이 이끄는 금수레마차에 몸을 싣고 뒤를 따라 행렬하는 3,000무리를 이끌고 하계로 향하였다 무리의 맨 앞에서 풍백장군

이 거울에 새긴 천부의 징표를 두 손에 받쳐 들고 장중한
의장행렬을 선도하였다 우사장군은 비단옷에 고깔모자를
쓰고 북소리를 울리어 흥겹게 춤을 추면서 가고 검은 수염
이 허리까지 흘러내린 운사장군은 100사람의 늠름한 무사
와 첨병을 거느리고 오룡의 마차를 호위하면서 한웅의 뒤
를 따라 한국으로 내려왔다

　(…)의장대가 봉환식장을 열병한 가운데 가슴에 붉은 별
배지를 달고 옆구리에 긴 칼을 찬 의장대장이 앞으로 걸어
나와 거수경례로 유해를 맞이하였다 취주악대의 장엄한
군가가 울리고 인공기가 높이 게양되었다 연도에 마중 나
온 수많은 군중들이 꽃다발을 흔들고 오색 꽃가루를 뿌리
면서 긴 운구 행렬을 뒤따라 북녘땅을 향해 가고 있었다.
–「출한국기出韓國記」 부분

「출한국기」는 장문의 두 연으로 구성되어있다. 인용된
부분은 각 연의 마지막 부분으로 전자는 한국에 들어오
는 모습이, 후자는 한국을 떠나는 모습이 극명한 대비로
묘사되고 있다. 각 인용 부분 앞에는 한국에 들어오게
되는, 마찬가지로 한국을 떠나게 되는 연유와 과정이 서
사적 설명으로 기술된다.
　첫 연에서는 대서사시적 문체로 민족의 건국신화가 웅
대하게 펼쳐진다. "세계의 한가운데"좌정한 천제가 "천
만옥토를 굽어살펴보고" 나라를 세웠는데 그 나라가 곧
'한국'이다. 천제는 "용맹하고 어진 지혜를 갖춘" 한웅을

내려보내 이 나라를 다스리게 한다. 인용 부분은 바로 한웅이 한국에 들어오는 의장행렬의 묘사다. 한웅이 탄 금수레마차 뒤에는 3,000 무리의 행렬이 따르고 풍백장군과 우사장군과 운사장군이 마차를 호위하고 있다. 천부의 징표가 번쩍이고 웅장한 북소리가 울리고 있다.

둘째 연, 한국을 떠나는 의장행렬도 그 엄숙함과 장중함은 마찬가지다. "취주악대의 장엄한 군가가 울리고 인공기가 높이 게양"된다. 의장대가 도열하고 앞에 나온 "긴 칼을 찬 의장대장이" 거수경례로 유해의 귀환을 맞이한다. 연도의 수많은 군중들이 "꽃다발을 흔들고 오색 꽃가루를 뿌리면서" 운구 행렬을 뒤따르고 있다.

태고 때나 지금이나 의장행렬의 장중함은 같다. 그러나 행렬의 주인공은 극과 극이다. 전자는 나라를 다스리기 위해 내려오는 어질고 용맹한 '신' 한웅이지만, 후자는 "장마에 상류에서" 떠내려온 '죽은' 어린 병사의 시신에 불과하다. 강력한 대비이자 지독한 아이러니다.

시인은 자신의 이념적 견해를 전혀 밝히지 않는다. 그저 전승된 설화와 일어난 사실을 있는 그대로 묘사하고 있을 뿐이다. 그러나 북으로 가는 의장행렬의 묘사를 통해 시인은 허울 좋은 이데올로기와 그로 인해 65년이나 계속되고 있는 분단의 참담한 모순을 통박하고 있다. 특히 그의 소리 없는 분노는 시신의 신원을 진술하는 데 결정적으로 나타난다. 그는 혜산출신으로 "조선인민군 제5군단 민경수색대대"에 소속된 "17살 소년" 병사였다. 시인은 가타부타 말이 없이 단지 시신이 소지한 수첩을 독자에게 보여줄 뿐이다. 17세 소년은 어떤 사회적 위치에 있어야 하는가. 중3이나 고1에 해당하는, 한참 사춘기에 접어든 귀여운 개구쟁이가 아닌가. 그러나 그는 '인민군 수색대'에서 총을 든 전사였다. 어린 나이에 혜산이란 먼 곳의 부모를 떠나 남쪽 임진강에 주검으로 떠내려오게 되는 그의 운명은 우리 모두의 가슴을 아프게 한다.

시신이 인도되기까지의 과정은 우리에게도 매우 익숙하다. 정전위원회가 열리고 공동조사를 요구하고 처음엔 옥신각신하다가 쌍방이 '수정제의에 합의'하고 그 뒤로는 일사천리다. 어차피 시신송환은 이루어진다. 그리고 장중한 귀환 행렬이 뒤따른다. 우리는 판문점에서 일어나는 이런 행렬을 한두 번 본 게 아니다. 이게 다 폼이다. 당장 17세의 어린 소년을 최전방에 내치지 않았더라면 이런 일은 아예 없었을 것 이닌가.

"하늘에서 이루어진 광명"을 땅에서도 이루고자 한웅이 내려온 홍익인간의 땅에서 이런 어처구니없는 일은 지금도 벌어지고 있다. 폼만 잡는 의장행렬도 계속되고 있다.

3.

시인의 이런 시선은 역사를 보는 눈에서도 같은 양상

을 보인다. 장시 「광화문 연가」에서 시인은 광화문 앞에
서 벌어진 역사적 모순을 열거하며 비판적 예각을 세운
다.

시인은 혜원의 미인도를 감상한다. 시인은 그 미인의
"젖꼭지에는 왕의 입술이 묻어 있고 농익은 자태에는 벼
슬아치들의 속된 연정이 묻어있으리라 치마 속 하얀 둔
부에는 사랑방에서 만난 어느 필부의 손바닥 자국도 선
명히 남아있었으리라"라 회고한다. 그는 그림을 통하여
"사소한 정분에 상처 입"으며 순탄치 않은 삶을 보낸 한
자유분방한 조선 여인을 묘사한다. 그녀의 몸에는 왕부
터 필부에 이르기까지의 흔적이 가득하다. '정분의 상처.
그 미인은 지금 광화문 시립미술관에 있다.

광화문이 있는 한양은 이성계가 위화도에서 회군하여
조선을 세우고 개경에서 황급히 천도한 도읍지다. "이성
계는 우왕을 강릉에서 살해하고 그의 아들 창왕을 강화
에서 살해하였다." 고려의 마지막 왕 공양왕을 "삼척에
서 살해"하였다. 그리고 그는 "개경 문벌귀족의 보복과
송도사람들의 눈빛이 무서워" 도망치듯 한양으로 천도
하게 되는 것이다.

광화문이 있는 경복궁은 이순신이 "함거에 실려" 압송
되어온 곳이기도 하다. "친국을 마친 선조는 조정을 기
망한 죄로" 두 번째 백의종군"을 이순신에게 명한다. 임
지로 내려가는 도중 어머님의 부음을 듣게 된 장군은 호
곡하며 "다만 어서 죽었으면 할 따름이다"라고 적는다.

그곳은 광해군이 "사대주의적 대의명분에 맞선 개혁군주를 꿈꾸다가 쫓겨난" 곳이기도 하다. 비 오는 날이면 "세종대왕 동상이 서 있는 광장 앞에서"에서 패주는 아직도 "울부짖고" 있다. 그런 그에게 대왕은 "이상과 현실의 조화는 어느 누가 성군이 되어도 어려운 것"이라고 말해주는 곳이기도 하다.

그곳은 "합동수사본부장이 수사결과를 발표"하고, 탱크를 진주시킨 곳이다. 그들은 그곳"경복궁에 모여 거사를 모의하였다" 훗날 그들은 최후진술에서 "누란의 시대가 요구하는 우국충정에서 최선을 다한 결과"라고 항변한다. 여기서 시인은 이 시에서 처음이자 마지막으로 자신의 견해를 잠깐 드러낸다. "역사는 아이러니하게도 똑같은 실수를 반복하고 있었다."라고.

시가 마감되는 마지막 연은 꽃다운 나이에 일본군 강제위안부로 끌려가 "갓난애를 인고 마지막 수송선 귀국길을 멀리서 바라만 보던" 여인의 얘기다. "그녀는 끝내 고향에 돌아가지 못했다" 일본 대사관 앞에 전시된 "검은 단발머리에 눈썹이 짙고 배가 볼록 나온 흑백사진"의 조선 여인을 보며 마침내 시인은 고개를 떨어뜨리고 만다. 물론 일본대사관은 광화문의 지근거리에 있다.

모든 일은 같은 광화문의 발아래에서 벌어진 일들이다. 그리고 모두가 역사라는 기록을 통해서 이런 사실을 알고 배웠다. 그러나 시인의 말처럼 같은 실수는 되풀이되고 있다. 우리는 광화문에서 발생한 사건들을 통해 역사적 성찰의식을 시인과 아프게 공유하게 된다.

4.

　설화의 세계는 그 비현실적이고 비논리적인 서술방식
으로 때로는 환상과 동화와 꿈의 세계로 연결된다. 호접
몽 같은 꿈의 세계는 선禪의 세계로도 이어진다.

　키가 큰 기린 우체부가 솟을대문 지붕 위에 편지 한 통
을 놓고 갔다/
　소인국 나라의 가난한 시인 달팽이님 귀하 앞으로 배달
된 편지는/
　나비 나라 별정우체국장의 소인이 선명하게 찍혀 있었다/
　외출 시 자물쇠를 걸고 문패를 바꿔달고 나가는 습관을
가진/
　집주인 달팽이는 오랫동안 집을 비워 두고 문상을 갔다/
　수취인 부재중으로 되돌아온 편지에는/
　전국 나비연합회 원로 일동 올림이라고 적혀있었다/
　약도가 그려진 부고장을 한 장 달랑 들고 장례식장에 갔다/
　상주는 슬피 울면서 망자는 3년 전에 이미 출상했다고
말했다/
　물어물어 무덤까지 찾아가는데 또 3년이 걸렸다/
　달팽이 영감은 무덤의 높이를 재기 위해서/
　양손에 수평과 먹줄을 들고 꼬리에 그림쇠를 묶고서/

현장을 답사하고 도형을 측정하는데/
그가 걸은 걸음은 무려 1억 3천 5백 리 75보였다고 말했다
—「나비야, 나비야」 전문

시집의 표제작이다. 시는 행과 행 사이가 한 줄씩 떼여져 있으나 연 구분은 아니다. 아니 독자가 행으로 보든 연으로 보든 형식에 구애되지 말고 '맘대로' 읽으라는 시인의 뜻이 담겨 있는 것 같다. 내용 자체가 꿈같은 상상력으로 가득 차 연상은 '맘대로' 비상한다. '나비 나라 우체국장 소인'이 찍힌 편지의 수신자는 "시인 달팽이"다. 그리고 "기린 우체부가" 이 편지를 배달한다. 동화의 세계에 온 느낌이다. 달팽이는 부고를 받고 문상을 가지만 "망자는 3년 전에 이미 출상"을 끝낸 후다, 달팽이는 또 다른 3년을 "무덤까지 찾아"간다. 여기서 끝나는 게 아니다, 달팽이는 무덤의 높이를 재기 위해 "현장을 답사하고 도형을 측정"한다. 그렇게 하는데 달팽이는 "무려 1억 3천5백 75보"를 걸어야 했다. 시는 달팽이가 문상을 가고, 망자의 무덤을 찾고, 그 무덤을 측정하는 게 전부다. 그 이유는 명시되지 않는다. 아마 달팽이가 평생을 바쳐 무덤을 잰 —다 재지도 못했을 것이지만— 것은 그 일이 자신에게는 전 세계 아니 우주 전체를 측정하는 일과 진배없는 것이었기 때문일 것이다.

시인의 엄청난 상상력은 독자들을 아연하게 한다. 나비 나라 소인이 찍힌 것으로 보아 이 작고 느린 동물이

찾은 곳은 나비 무덤이 될 것이다. 나비는 하늘과 땅 사이의 넓은 세상을 난다. 땅바닥만을 기는 달팽이에게 나비의 궤적은 광대무변한 우주에 다름이 없다. 시인은 이미물의 움직임에서 끝없는 용기와 도전 그리고 충만한 자유를 보고 있다. 달팽이의 직업이 시인임에 유의할 필요가 있다. 시 쓴다고 돈이 생기는가. 권력을 잡게 되는가. 그러나 그런 결과가 없어도 시인은 죽을 때까지 시를 쓴다. 마치 달팽이가 모든 생을 바쳐 무덤의 높이를 재고 있는 것처럼.

동시에 우리는 어떤 허무를 느낀다. 측량을 다 끝냈다고 무슨 결과가 있는가. 아무것도 없다. 인간이 욕망을 이루기 위해 안간힘을 쓰고 땀을 흘리고 싸워도 결국은 없음의 '무無'로 귀결되고 만다. 결국 인생은 한바탕 꿈에 불과하다. 시는 선적인 사유로 비약하고 있는 것이다.

"양손에 수평과 먹줄을 들고" 우주를 측량한다는 것은 인간이 언어를 통하여 진리를 구하고자 하는 것과 흡사하다. 그러나 진리는 인간의 언어로는 경험될 수도 표현될 수도 없다. 따라서 인간의 언어는, 특히 문자는 경계해야 할 대상으로 선에서 가르쳐왔다. 불립문자不立文字다. 그러나 인간은 불립문자의 가르침조차도 문자로 기록하는 역설을 행한다. 깨우침도 오도송悟道頌이란 언어 수단으로 노래하는 게 인간이다. 이처럼 달팽이의 긴 여정은 많은 의미를 온축하고 있다. 1억 3천5백 75보의 오

랜 걸음은 어찌 보면 한나절 꿈이기도 하다. 꿈속에서
달팽이가 나비가 된 것인지 나비가 달팽이가 된 것인지
나비의 무덤을 재는 달팽이는 알 수 없다. 우리도 마찬
가지다.
 꿈을 노래한 시가 있다.

    푸른 용이 법당 부처님의 얼굴을 혀로 핥는 꿈은 천하에
둘도 없는 상서로운 몽인데 알고 보니 오시午時경 낮술에
취해 꾼 꿈인지라 이를 두고 견몽犬夢이라하고
    토兎 선생이 천수天壽 거북을 타고 바닷속 용궁을 나는 꿈
은 내 꿈이 아니라 남 대신 꿔준 헛된 꿈이니 이를 허몽虛夢
이라하니

―「몽夢」부분

 '용이 부처님 얼굴을 핥는 꿈"은 천하의 길몽이 아니라
개꿈이다. 토끼가 천 년 사는 '거북을 타고 용궁을 나는
꿈'도 헛꿈이다. 모두 다 "꿈같지도 않은 잡몽"일 뿐이
다. 그러나 '용꿈이 개꿈'이요, '거북 꿈이 헛꿈'이라면 이
말은 '불이不二'의 선사상과 맥을 같이한다. 바람에 날리
는 깃발을 보고 누구는 깃발이, 누구는 바람이 움직인다
하지만 실은 아무것도 움직이지 않고 마음이 움직일 뿐
이라는 풍번문답風幡問答과도 같은 맥락이다. 중생과 부처
가 같고 세간과 출세간이 같다. 따라서 용꿈도 개꿈과
같게 되는 것이다.

시에서 화자는 꿈을 사고파는 노인을 길에서 만나게
되는데 노인은 "붉은 돼지 등을 타고 검은 돼지 떼를 몰
고"있다. 예의 설화적 상상력이 충만하다. 노인은 황천
길로 가는 중인데 "어차피 한번 가면 다시는 못 오는 길"
이라 "아껴둔 천하제일의 길몽"을 팔겠다고 해서 산 꿈
이 위의 용꿈이다. 화자는 자신도 염라대왕이 부를 때
꿈을 팔지 몰라 "영몽이 무엇인가를" 해몽하여 남겨 놓
으니 이를 '귀담아 듣고 가벼이 여기지 말라'고 짐짓 독
자들에게 엄포를 놓고 있다. 그러나 행간에서 시인의 전
언하고자 하는 바는 용꿈이 개꿈이고 개꿈이 용꿈이라
는 것이다. "연잎은 반달곰이 듬성듬성 지나간 발자국"
(『슬픔에 대하여』)이다. 일체의 존재가 상식적인 분별에서
벗어나 자유자재로 변화하는 세계, 이런 세계가 실재하
는 세계의 진정한 모습이다. 시비, 대소, 미추, 장단은
끊임없이 유전流轉하는 제생무상의 조화 속에 모두 하나
인 셈이다. 그리하여 시인은 '떠나는 자는 누구고 남아있
는 자는 누구냐'고 물을 수 있게 된다.

5.

장성 외곽 성벽 성가퀴 무너져 내린
황궁 옛터에 황색 수帥자 대장기가 펄럭이고
깨진 궁문 사이로 하얀 들국화가 피어있었다

한낮 정오경에 나온 낮달을 따라서 낮별도 뜨고
뜨거운 열풍이 부는 말발굽형 하얀사구를
은빛 여우와 그 여우가족이 힘겹게 넘어가고 있었다
(…)
높이 자란 물풀과 수초를 헤치고 지나가는 조각배 한 척
나룻가 모래톱에 닻줄을 풀고 빈 배를 대면
이제는 누가 떠나가고 누가 남아 있는가
바람 불어 갯버들 잎겨드랑이에서 피리 소리 한 소절 들
리면
그대는 떠나가고 내가 남아있는가
내가 떠나가고 그대는 남아있다는 말인가
　　　　　　－「누가 떠나가고 누가 남아 있는가」 부분

　"높이 자란 물풀과 수초를 헤치고" 조각배 한 척이 지
나간다. 그림 같은 정경이다. 그 배가 "나룻가 모래톱에
닻술을 풀"면 누가 떠나가고 누가 남는지 시인은 묻고
있다. 결론은 그대가 떠나가고 내가 남아있는 것인지 내
가 떠나가고 그대가 남아있다는 것인지 알 수 없다는 것
이다. 앞서 말한 것처럼 상대적 가치의 대립은 구분되지
않는다. 하나일 뿐이다. 실상 떠나는 사람이나 남는 사
람이나 헤어진다는 사실은 매한가지 아닌가. 이 이상의
설명은 사족이 될 것 같다.
　여기서 한 가지 꼭 짚고 넘어갈 일이 있다. 시인의 시
편들은 어떤 방식으로든 직간접적으로 연결되고 있다는
점이다. 몇 편의 시를 보았지만 설화의 세계는 꿈과 동

화의 세계를 넘나들고 이 가운데 역설이 만들어진다. 이런 역설은 역사의 세계에서도 그대로 이어져 광화문 앞에서의 실수는 반복된다. 또한 꿈과 동화의 세계는 '무'라는 곳을 향한 달팽이의 긴 여정을 통해 용꿈이 개꿈이 되는 불이의 선 세계로 연결된다. 이런 독특한 시작법은 산수화 같은 시적 배경의 반복에서도 나타난다. 하나의 예만 들자. 인용된 시에서 말발굽 형 '하안사구'와 나룻가 '모래톱'이 등장한다. 사구沙丘는 해안이나 강변의 모래 언덕이고, 모래톱은 같은 지형에 발생한 모래사장이다. 모두 바람에 의해 쌓이는 모래로 형성되는 지질학적 용어다. 「귀향」에는 낯설지 않는 '모래언덕'에 한 떨기 남은 해당화가 지고 한 조각남은 꽃잎마저 진다는 아름다운 구절이 있다. 「돌아오는 날」의 마을은 강물이 '모래톱'을 끼고도는 한적한 곳이다. 「송별」에서는 부여잡은 손을 놓지 못하는 임에게 '하안사구'까지 바래다달라고 부탁한다. 「길」에서의 화자는 아침노을이 지는 '강변사구'를 넘어가고 있다. '특별한 용어'임에도 불구하고 반복 사용되는 이런 어휘는 오히려 강한 서정을 환기시킨다. 사실 강물이 굽이쳐 도는 '사구'의 정경은 이미 한 폭의 산수화를 대하는 느낌이 아닌가.

글의 모두에서 시인은 이백이 살던 시대나 조선왕조 시대로 우리를 데려간다고 언급한 바 있다. 인용문에 등장하는 '장성 외곽 성벽', '황궁 옛터', '수帥자 대장기'와 같은 말은 단박에 우리를 옛날로 이끌어 간다. 물론 요

새 세상에 나룻가 모래톱에 닻줄을 푸는 배도 없다. 이
런 독특한 시적 배경은 고아한 풍미는 물론 풍요로운 인
정과 함께 자연과 인간이 상생하며 어우러지는 커다란
울림을 창출한다.

> 파초 꽃대가 쓰러진다는 다급한 외침에
> 맹물에 밥 한술을 말아 먹는 둥 마는 둥하다가
> 얼른 숟가락을 던지고 화단으로 뛰쳐나갔다
> 다행히 금방 말귀를 알아들은 파초는
> 어느 틈에 양지 녘 한 켠에서 사타구니를 벌리고 마른
> 햇살을 쬐고 있었다
>
> 때마침 울 밖을 지나가는 늙은 심부름꾼을 불러
> 그림자가 길고 그늘이 넓은 파초나무 잎사귀 아래에서
> 급히 편지지에 몇 글자를 적어 나귀에 실어 보냈다
> ―「답신을 보내다」 부분

  밥 한술 말아 먹다가 파초가 쓰러진다는 소리에 화자
는 "숟가락을 던지고" 뛰쳐나간다. 순간적이고 급한 이
행동에는 자연에 대한 지극한 애정이 묻어있다. 이에 호
응이라도 하듯 파초는 어느 틈에 "사타구니를 벌리고"
햇볕을 쬐고 있다. 인간과 자연이 완벽하게 조응하는 순
간이다. 말귀를 알아듣고 사타구니까지 벌리며 볕을 쬐
는 파초의 모습에 가슴이 다 뿌듯해진다.

몇 자 적어 심부름꾼을 불러 나귀에 실어 보낸다. 이백과 두보의 시풍이다. 우리는 파초 잎 너울대는 울안에 옛 시인과 함께 서있다. 지금은 편지를 전하는 심부름꾼도 없고 그것을 실어 가는 나귀는 더욱이나 없다. 아예 편지를 쓰지도 않는다. 메일 한 방 때리면 그만이다. 그러나 이상훈의 화자들은 언제나 글을 써 기별을 주고받고, 그것도 늘 인편으로 나른다.

마침내 기별이 왔다는 소식에 맨발로 마당으로 뛰어나갔다
심부름꾼은 겉봉에 꽃술을 수놓은 편지를 건네주면서
병색이 짙은 내 얼굴을 보고 혀를 끌끌 차면서 돌아갔다
                                              —「기별이 오다」 부분

심부름 갔던 사람이 다녀간 후에 더 심한 몸살을 앓았다
한동안 일이 손에 잡히지 않는 후유증에 시달렸다(…)
일거리가 없거나 외롭고 힘들면 여기 걱정은 하지 말고
언제든지 한시라도 돌아와 달라는 신신당부와 함께
다음에는 말린 웅담을 구해서 보내겠노라고 하였다
                                              —「편지를 읽다」 부분

삼을 잰 꿀단지를 인편에 보내니 매 끼니 후 자시고
귀한 신체 한 치도 소홀히 하지 마심을 당부하면서
빨리 회답하심을 바라오며 삼가 봉함
                                              —「당신에게 사룀」

위 세 편에 나오는 편지도 —절절한 사연을 담은 편지든, 겉봉에 꽃술을 수놓은 편지든, 혹은 꿀을 보내며 보내는 편지든— 심부름꾼이 직접 왕래하며 전달하고 있다. 옛 방식이다. 그러나 이 왕래에는 각별한 인간의 정이 담겨있다. 화자는 그리움 때문인지 몸이 부실하다. 그러나 언제나 자신보다 상대편을 걱정하는 마음으로 가득하다. 기별이 왔다는 소식에 맨발로 마당으로 뛰쳐나간다. 외롭고 힘들면 언제든지 돌아오라고 신신당부한다. '삼을 잰 꿀'을 보내고 다음에는 '말린 웅담'을 구해서 보내겠다고 상대방의 건강을 챙긴다.

이상훈의 시편에는 먹을 것을 보내거나 남기는 것으로 시가 마무리되는 경우가 많다. 돈을 받고 주는 거래가 아님은 물론이다. 상당히 특이한 경우다. 그러나 먹는다는 것은 생명과 직결되는 일이다. 이 경우 이상훈은 그 구체적 사물의 이름을 일일이 거명한다. 위의 '삼을 잰 꿀', '말린 웅담' 외에도 심마니는 하룻밤 함께 지낸 처자에게 '장뇌 서너 뿌리'를 주며 '대추'와 함께 달여 먹으라고 당부한다(「외딴 집」). 성벽 보수를 마친 일꾼은 하루 일당 몇 닢으로 '됫박 소금과 북어 한 마리'를 사가지고 돌아간다(「귀가」). 한 여인은 떠나는 임을 위해 '삶은 계란 다섯 알과 곶감 한 줄'을 준비한다(「내가 어떻게 하면」). 마음의 병에 걸린 화자에게 누군가 방문 앞에 '꿀 한 단지와 인삼 몇 뿌리'를 놓고 간다(「불치병」).

시인은 선명하고 명징한 심상으로 독자의 맘에 육박해

가기 위해 이처럼 사물의 구체적 명칭을 찾는다. 그 수
효까지 명시하며 사물을 구체화시킨다. 거명되는 사물
들에게는 생생한 인간의 정이 가득 담기게 되는 것이다.

6.

　이상훈은 그의 시에 여러 가지 미학적 장치를 마련하
고 있다. 특히 사물의 철저한 의인화나 생경한 언어의
다양한 사용으로 우리를 환몽의 세계로 몰입시키거나
혹은 과거의 거리를 서성이게 만드는 특별한 시적 효과
는 눈여겨 볼 점이다. 지면관계로 치열한 고구와 철저한
탐색은 못하더라도 이에 대해서 조금 더 살펴보자.
　까치는 사람의 맘을 알아채고 마당을 청소하고 낙엽을
쓸어 모아 태우고 간다. 고양이는 부뚜막에 밥 한상을
지어놓고, 장끼는 꽃밭에 물을 준다. 흑염소는 빨래를
걷어 툇마루에 개켜 놓고, 달팽이는 옷장을 정리하고 신
발까지 닦아놓는다.(「자세히 설명해주다」) 보기 힘든 철저
한 의인화다. 우리와 같은 물과 공기를 마시며 생명을
영위하는 조그만 동물, 아니 모든 생명들을 대하는 시인
이 시선이 참 따뜻하다.
　'도포자락'이 날리고(「헤어져 있어도」), '헤진 갓'을 고치
고 '괴나리봇짐'을 싼다.(「내가 어떻게 하면」) '서낭당 당집'
과 '장승백이 당산나무'(「백 번을 울고 천 번을 더 울었다」)

가 배경으로 등장한다. '파루罷漏'에서 통금을 알리는 '쇠
북소리'가 들린다.(「이럴 적에는」) 시인은 그야말로 우리를
조선시대의 '낙숫물 떨어지는 종묘 육조六曹거리 추녀 밑'
(「잠시 일 손을 놓고」)에 서있게 한다. 글머리에서 말한 것
처럼 근래 보기 드문 이러한 작풍은 예스러운 언어와 문
체가 역설적으로 새로운 어법으로 작동될 수 있음을 일
깨운다. 그러나 무엇보다 중요한 것은 시인이 보여주는
아이러니다. 광화문 앞에서 반복되는 역사적 실수와,
「출한국기」에서의 장중한 의례행렬을 통한 인간의 모순
과, 선 세계에서 용꿈이 개꿈이 되는 불이의 역설은 모
두 통렬한 아이러니다.

　　수표교 다리 위에서 패싸움이 일어났다 종로파 오야봉
코끼리는 쌍도끼 이리 애꾸눈 불곰 털보원숭이 돌주먹 고
래를 데리고 나왔다 보스 독사 형님을 앞세운 동대문피는
곱사 백여우 박치기왕 노랑부리저어새 이빨 하이에나를
비롯한 식구들이 총출동하였다 구경꾼들이 구름처럼 몰려
왔다 결투는 싱겁게 끝났다 종로통 멧돼지 총포사에서 들
려오는 오발탄 소리에 기겁하여 건달들은 구경꾼들보다도
더 빠른 걸음으로 흩어져 달아났다
—「잃어버린 것에 대하여」 부분

어깨에 힘주고 거들먹거리던 건달들이 "오발탄 소리에
기겁"하고 구경꾼들보다 더 빨리 달아나는 모습에 우리

127

는 웃음을 참을 수 없다. 모순의 극치다. 「폭설」에서 스님은 동자승에게 길이 끊기면 나귀를 빌려 타고 오라고 가르쳐 준다. 그러나 막상 스님은 동자승이 타고 온 나귀 발자국을 따라오다가 눈 속에서 합장한 채로 발견된다. 대단한 아이러니다.

평론가는 과장, 축소, 대조, 패러독스, 패러디 등을 포함하는 광범위한 아이러니의 다의성을 중시한다. 이는 추상과 구체, 일반과 특수, 외연과 내포의 갈등에서 야기되는 긴장을 보여주는 현대시의 가장 중요한 미학적 요소다. 때로는 다른 것은 제쳐놓고 아이러니의 진실만을 추적할 정도다. 이런 점에서 볼 때 이상훈이 생성하는 아이러니는 시적 긴장과 긴밀한 상호관계를 보여주며 시적 성취도를 높이고 있다.

할 말은 아직 많다. 그러나 지금 내가 할 수 있는 말은 이상훈은 예의 독특한 작풍으로 좋은 시를 계속 쓸 것이고 이는 "발밑에 놓여있는 절벽처럼 확실하다"(「지금 내가 할 수 있는 일은」).